모터사이클로 유라시아

dust,

rust,

ash

모터사이클로 유라시아
¶

손현

미메시스+

Contents
of
Essay

¶

저의 모든 생은 기억의 축적으로 이루어져 있습니다. 기억을
잃는다는 것은 지옥 같은 고통입니다. 본연의 모습에서 멀어진
우리는 무능해지고 우스워집니다. 하지만 그것은 우리가 아닙니다.
우리의 병일 뿐입니다. 제가 고통받고 있다고 생각하지 말아
주십시오. 고통받고 있는 것이 아닙니다. 저는 이 세상의 일부가
되기 위해, 예전의 저로 남아 있기 위해 애쓰고 있습니다. 지금 이
순간을 사는 것, 제 자신을 너무 몰아붙이지 않는 것. 그것이 제가
상실의 기술the art of losing을 익히는 방법입니다. (영화, 「스틸 앨리스
Still Alice」, 2014)

영화 「스틸 앨리스」는 〈조발성 알츠하이머〉라는 희귀 병을 앓는
앨리스가 점점 사라지는 자신의 기억을 붙잡는 과정을 묵묵히
보여 준다. 위 대사는 앨리스가 많은 청중 앞에서 연설하는 내용의
일부다. 글 내용도 좋았지만 무엇보다 본인이 어디까지 읽었는지
기억하기 위해 형광펜으로 그으며 읽는 장면이 특히 인상적이다. 굳이
앨리스처럼 알츠하이머에 걸리지 않더라도, 모든 것은 결국 사라진다.
사진가 김아타Atta Kim는 〈존재하는 모든 것은 결국 사라진다All things
eventually, however, disappear〉라는 명제를 가지고 수십 년째 작업을 진행하고
있다.

두려움에는 크게 다섯 가지 요소가 있다고 한다. 소멸extinction, 절단mutilation, 자유의 상실loss of autonomy, 분리separation, 자아의 죽음ego-death이다. 그중 소멸은 두려움의 가장 원초적 기반이다. 나 또한 소멸에 대한 불안을 갖는다.

불안하기 때문에 나는 기록한다. 이 글은 〈모터사이클〉보다는 〈불안〉에 관한 이야기가 될 것이다. 체력과 운이 되는 한 반짝하고 찬란하게 빛날 이 모터사이클 여행을 기록함으로써 불안을 받아들이려 한다. 물론 이것이 내 욕심이고, 그 욕심조차 언젠가 사라질 것을 알고 있지만.

¶

작년 2월 말, 생애 첫 모터사이클을 장만했다. 당시 내가 그걸 직접 운전할
능력이 안 되어서 우습게도 딜러와 함께 트럭에 싣고 집까지 갔다.

「어쩌다 모터사이클을 타게 됐어요?」

딜러가 물었다.

「2012년에 전시를 하나 봤어요. 〈노르웨이 국립 관광 도로〉라고 이름
붙인 18개 코스의 전망대를 건축 모형으로 만들어 사진이랑 영상을
같이 보여 주는데, 그 너머로 보이는 풍경이 엄청 근사하더라고요.
그때 상상했어요. 아, 바람을 맞으며 이 길을 달리면 좋겠다고.
모터사이클로요.」

물론 스스로 대답을 하면서도 확신은 없었다. 정말 그곳에 갈 수 있을까?
막상 모터사이클을 타기 시작하면서 초반에 느꼈던 감정은 기쁨이나
설렘보다는 두려움이었다. 심지어 꿈을 꾸기도 했다. 브레이크를 늦게
잡아 접촉 사고가 난다든지 주유를 하는데 휘발유가 사방으로 튄다든지,
그 내용도 제각각이었다. 아마도 자전거를 처음 배웠을 때처럼 두
바퀴만으로 앞으로 나아가는 이 탈것에 익숙하지 않아서였을 것이다.
그럼에도 불구하고 이 탈것을 이용해 여행을 생각한 이유가 있다. 이는
로버트 M. 피어시그의 소설 『선禪과 모터사이클 관리술-가치에 대한
탐구』의 일부분을 발췌해 대신하고자 한다.

　　　차를 타고 가면 항상 어딘가에 갇혀 있는 꼴이 되며, 이에

익숙해지다 보면 차창을 통해서 보는 모든 사물이 그저 텔레비전의
화면을 통해 보는 것과 다를 바 없다는 점을 깨닫지 못하게 된다.
따라서 일종의 수동적인 관찰자가 되어, 모든 것이 화면 단위로
지루하게 지나가는 것을 바라보게 될 뿐이다.
모터사이클을 타고 가다 보면 그 화면의 틀이 사라지고, 모든 사물과
있는 그대로 완벽한 접촉이 이루어진다. 경치를 바라보는 수동적인
상태에 더 이상 머물지 않고 완전히 경치 속에 함몰될 수 있는
것이다. (……) 말하자면, 모든 사물과 모든 체험은 즉각적인 의식과
결코 격리되어 있지 않은 상태로 존재한다. (로버트 M. 피어시그,
『선禪과 모터사이클 관리술-가치에 대한 탐구』, 2010)

여행에 무슨 거창한 이유가 있을까. 3년 전의 상상을 실제로 옮기는
과정이라고 생각한다. 그 일이 어쩌다 보니 회사를 떠나 러시아
블라디보스토크에서부터 바이칼 호수, 모스크바를 거쳐 노르웨이
베르겐을 비롯한 유럽 여러 도시들을 모터사이클로 횡단하는 여행이
되었다. 종일 바람을 맞으며 간다는 것이 고되고 험난한 일이 되겠지만
좀 더 성숙해지기를, 나아가 많은 격려와 응원을 보내 준 가족과
친구들에게 보탬이 되기를 바란다.
이제 겨우 시작이지만 바람을 가를 때 생각하는 것을 틈틈이 옮겨 보고자
한다. 막상 다녀 보니 바람보다는 시베리아 도로 위의 먼지dust와 체인에 슨
녹rust, 바이크 슈트에 묻은 재ash를 닦아 내는 것이 주된 일과가 될 것 같다.
(2015. 6. 20)

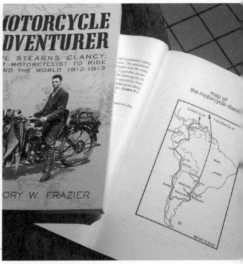

본격적인 여행 준비에 앞서 모터사이클 여행과 관련된
책들을 모두 찾아봤다. 이미 모터사이클로 대륙을
종횡단한 모험가들이 20세기 초반부터 있었다. 살면서
긴 여행을 떠나 본 적이 없으니 짐을 어떻게 꾸려야 할지
막막하기만 했다. 모터사이클 박스는 짐을 조금만 넣었을
뿐인데 금세 가득 찼다.

LAPTEV SEA

Ostrov Taymyr
Taymyr Pen.
Ostrov Belkovskiy
Ostrov Stolbovoy

NORTH SIBERIAN PLAIN
Zaliv
Novorybnoye
Khatanga
Syndassko
Noril
Ostrov Bolshoy
Begichev
Khoirgo
Ust' Olenek
Olenekskiy Zaliv
Turakh
Saskylakh
Taymylyr
Popigay
Mys Buor-Khaye
Bobrovskoye
Gokol
Guba
Buor-Khay
Tiksi
ochanka
Pol'kino
Dzhelinde
Bulun
Nayba
Nizhneya
Khayr
Kula
Ul
Usumun
Kyusyur
Selyabir
Verkhoyansk
Keta
Olenek
Natara
Zhigansk
SAKHA
Olenek
Kharyyalakh
(YAKUTIYA)
ARCTIC CIRCLE
Udachnyy
Ulenkir Kyuyel
Verkhoyanskiy Mts
Khandy
S   I   B   E   R   I   A
EVENKIYSKIY A.O.
Tura
Kitchan
Sangar
Ucami
Yilda
Nyurba
Vilyuy
Vilyuysk
Batamay
CENTRAL SIBERIAN PLATEAU
Chernysheyskiy
Mirnyy
Suntar
Yakutsk
Mayya
Yerema
Olekminsk
Zhil'gur
Amga
Ust' Maya
Eli
ovo
Chadobets Kezhma
Lensk
Tokko
Dikimda
Tommot
Yeniseisk
Boguchany
Edarma
Vitim
Aldan
Aim
K
Ayan
Bodaybo
Aldan Plat.
Kirensk
Ust' Nyukzha
7·10
Kansk
Ust-kut
Taksimo
Tynda
Stanovoy Mts
YA
Tayshet
Bratsk
Nizhneangarsk
Sredny
6·28
HABROVSK
akan
Nizhneudinsk
Angara L.
Tompa
Olekma
Skovorodino
Mogdlvich
Chumik
Tulun
Zhigalovo
BURYATIYA
Mogocha
Zeya
Cheremkhovo
Kazluga
Ozero
Chita
Svobodnyy
6
Angarsk
Baikal
Barguzin
Shilka
Belogorsk
Blagoveshchensk
Chegdomyn
Komsomolsk
Kyzyl
7·1
Ulan Ude
Khilok
Nerchinsk
TYVA
Gora Munku Sardyk
Borzya
Huder
YEVREISKA
Shagonar
Atamanbulag
Shilovskaya Gora
Manzhouli
6·2
Habar
Mörön
Darhan
6·30
Hailar
Ailun
A
Hyrgas Nuur
Onon
Hulun Nur
Neihe
HEILONGJIANG
Har Nuur
Uliastay
Selenga
Choybalsan
An
Nehe
Qiqihar
Yichun
Jiamusi
Uliastay
ULAN BATOR
Tamsagbulag
Daqing
Yilan
Altay
Bayanmönh
Erdenetsagaan
Yan
Mundanjiang
MTS
MONGOL
Sayhhand
Harbin
Lin
MANGHURIA PLAIN
Mongol Plat.
Huld
Eren-hot
NEIMENGGU
Changchun
Jilin
Vladivostok
Liaodun
Bayan Obo
JILIN
6·22
Hami
Gaxun Nur
Baotou
Zhangjiakou
Shenyang
Fushun
Ejin Q)
Hohhot
Datong
LIAONING
Anshan
sin
GOBI DESERT
Ningwu
BEIJING
Hailuda
Dandong
Namp'o
GANSU
Zhangye
Yulin
Tangshan
Lushun
Dalian
KOREA
Guazhou Yumen
Yinchuan
SHANXI
HEBEI
(Baren)
Pyongyang
EAST SEA
Dunhuang
Zhongwei
Taiyuan
Tianjin
Wonsan
Qilian Mts
NINGXIA HUI
Shijiazhuang
Weihai
Hamheung
Da Qaidam
Zhang Rai Nak
Lanzhou
Handan
Weifang
Incheon
Ulsan
Ta-chai-tan)
(Lan-chou)
SHAANXI
Jinan
Qingdao
SEOUL
5·6·20
Pendi
Qing
Xining
Yan'an
Anyang
SHANDONG
Ulleung-Do
QINGHAI
Madoi
Xi'an
Zhengzhou
Linyi
Ganyu
Daqu
Busan Hiroshima Kobe
Oyaring Hu
(Sian)
Luoyang
Yellow Sea

¶

> 가르멜 산의 성모님, 저희를 위하여 빌어 주소서. 이 스카풀라를
> 착용하고 죽는 사람은 누구나 영원한 불의 고통을 면하리라.

출항을 일주일 앞두고 성당에서 미사를 마치고 나오는데, 어머니가
목걸이를 하나 챙기라고 하셨다. 여행자를 수호해 주는 목걸이인
스카풀라다. 죽을 각오로 떠나는 여행이 아니니 차라리 엔진 오일이나
하나 사달라고 툴툴댔다. 그러고는 나중에 후회했다. 자식이
모터사이클을 타고 시베리아를 가로질러 가겠다는데 어느 부모가
흔쾌히 허락할까? 박노해 시인의 〈어찌할 수 없음〉은 기꺼이 받아들이고
그 안에서 〈어찌할 수 있음〉은 최선을 다하는 것이라는 말처럼 어머니
나름의 방식으로 표현한 것임을 나중에서야 깨달았다. 목걸이는 주행할
때마다 늘 착용한다.

막바지 준비로 바쁜 일주일을 보냈다. 앞뒤 타이어를 새것으로 바꾸고
오프로드에서의 혹시 모를 펑크를 대비해 튜브에 특수 액체도 넣었다.
펑크 한 번까진 버틴다고 했다. 엔진을 보호하기 위해 별도의 보호판을
덧대고, 러시아에서 통관할 때 필요한 영문 번호판도 만들었다.
바이크를 즐겨 타는 김종범 작가의 작업실에 들러 튜브에 반창고처럼
붙이는 패치도 몇 장 얻었다. 김종범 작가는 내게 강세환의 『오토바이
세계일주』란 책을 추천했다.

토요일 정오에 동해항을 향해 출발하려는데 오전 11시부터 비가 세차게

내리기 시작했다. 차라리 비가 그치고 내일 새벽에 출발하라는 어머니의 말씀을 뒤로 한 채 우의를 입고 일단 집을 나왔다. 비 때문에 주저하는 모습을 보이면 오히려 걱정하실 것 같아서였다. 제법 굵직하게 내리는 비를 맞으며 내가 왜 쾌적한 회사를 나와 생고생을 하나 싶었다. 심지어 우박까지 떨어졌다. 여행 첫날부터 이리 도전적일 줄이야.

우여곡절 끝에 낮 12시 30분에 출발하여 양평, 횡성, 강릉을 지나 6시쯤 동해항 근처 관광호텔에 도착했다. 날 배웅하러 멀리서 온 친구를 만났다. 고등학생 때부터 알고 지낸 영배다. 묵호항에서 저녁을 들고 숙소까지 걸었다. 영배가 이십 대 중반에 캐나다 토론토로 어학연수를 떠났을 때의 첫날, 그 막막했던 기분을 이야기해 줬는데 그게 뭔지 알 것 같았다. 피로가 제법 누적됐고, 심경은 여전히 복잡했다. 게다가 전날 머리도 짧게 깎은 상태라 당장 여행보다는 입대를 앞둔 장정과 같은 모양새였다. 영배는 이미 코를 골며 잔다. 여기까지 와준 게 참 고맙다. (2015. 6. 20)

> 가보지 못한 길을 가겠다는 선언은 근사하다. 모든 미래는 가보지
> 않은 길이기 때문이다. 선언은 쉽지만 정책을 구체화하는 것은
> 쉽지 않은 일이다. 정책을 현실로 옮기는 일은 더 어렵다. 미래에
> 대한 확신이 없다면 반대를 설득하는 것은 고사하고 자기 자신조차
> 설득하지 못한다. (김동조, 『나는 나를 어떻게 할 것인가』, 2015)

마지막까지 두꺼운 소설책을 가져갈지 말지 고민했다. 결국 세 권을 영배에게 맡겼다가 『선과 모터사이클 관리술』 한 권만 다시 챙겼다. 여정

중에 틈틈이 보겠다 했지만, 사실 이 책마저 없으면 홀로 떠나는 여행이
외로울 것 같아서였다.

드디어 동해항에서 출발했다. 상상 속의 일을 구현해 내는 첫 발걸음을
떼었다는 사실만으로 기쁘다. 그리고 홀가분하다.

페리에서 여러 사람들과 맥주를 마시며 통성명을 하는데 누군가 자신을
강세환이라고 소개했다. 어디서 들은 이름인가 싶더니 며칠 전 김종범
작가가 추천했던 책의 저자다. 이번에는 현대자동차 카운티 버스를
개조한 캠핑카를 타고 팀을 꾸려 유럽까지 간다고 했다. 기아자동차
옵티마 승용차로 떠나는 형제도 있었다. 차량과 함께 승선한 그룹은 나를
포함해서 세 팀이다. 아쉽게도 이번 배에 모터사이클로 떠나는 한국인은
나밖에 없었다. 외국인 중에는 두 명 정도 더 있는 것 같다. 비슷한 경로와
일정 속에 각기 다른 체험을 하겠지만, 모두에게 행운과 평화가 함께
하길. 스무 시간의 항해 끝에 안개가 자욱한 블라디보스토크에 입항해
러시아에서의 첫 밤을 지냈다. (2015. 6. 20)

낯선 장소에서 자신만의 호흡을 찾는 방법으로 여건이 되는 한 수영이나
조깅을 하는 편이다. 종일 배를 타서 그런지 블라디보스토크에 도착한
뒤로 땅이 미묘하게 흔들리는 느낌을 받아 몸을 좀 움직여 보기로 했다.
구글 맵으로 살펴보니 바다를 향해 길쭉하게 나온 모양새가 맨해튼의
지형과 비슷했다. 수변을 따라 달리려고 했는데 정작 철로나 항구 쪽에는
출입이 불가능하거나 막다른 길이 많았다. 결국 시내를 따라 크게
달리다가 돌아왔다. 6월 말임에도 불구하고 바람이 제법 서늘하고 습한
편이라 긴팔에 바람막이 차림이 필수다. 안내 책자에는 6월 평균 최고

기온이 섭씨 15도, 최저 기온은 10도란다.

항구 도시이다 보니 컨테이너를 실은 대형 트럭들도 자주 지나가고,
바다를 끼고 있어서 그런지 안개가 짙어 조깅 사정이 좋지 않았다. 그래도
대략 한 시간 정도를 뛰며 몸을 풀고, 현지인의 사는 모습도 보니 낯선
곳에서 움츠러들었던 마음이 좀 나아졌다. 오후엔 좀 쉴 생각으로 숙소
근처 카페에 갔는데, 차량 통관을 대행해 주는 직원에게 갑자기 연락이
와 세관에 다녀왔다. 내일 오전 9시 반에 차량 검사가 있고 이르면 점심에
인도받을 거란다. (2015. 6. 23)

블라디보스토크에서 대기한 지 3일째 오후가 돼서야 차량을 받았다.
캠핑카로 개조한 카운티 버스, 중형급 승용차, 모터사이클 이렇게 각각
다른 모습으로 함께 출발하니 든든했다. 그렇게 M60도로를 따라 한두
시간을 달리다 보니 문득 나만 혼자라는 걸 느꼈다. 다들 쾌적한 실내에서
대화할 상대가 있는데 나는 헬멧을 쓴 채 소리를 지르거나 혼잣말을 할
뿐이었다.

한편 이 탈것이 특별하게 느껴지는 순간들이 점점 생겼다. 마주 오는 다른
모터사이클 라이더나 앞서 가는 차량들, 심지어 어마어마하게 큰 트럭의
운전기사들이 가볍게 클랙슨을 울리거나 엄지를 세우는 식으로 인사를
해오는 것이었다. 내 몸 하나 두 바퀴에 의지해서 간다는 것이 마냥 고독한
것만은 아니었다.

220여 킬로미터를 달려 웁티마팀과 함께 숙소를 잡았다. 캠핑카팀은 차량
자체가 숙소라서 쉬엄쉬엄 오는 중인 것 같다. 덕분에 저녁으로 라면을
얻어먹고 빨래를 하고 바로 곯아떨어졌다. 자는 동안 나보다 일주일가량

앞서 모터사이클로 출발한 다른 여행자에게서 메시지가 와 있었다.

〈오늘쯤에는 바이크를 받으셨겠군요. 이제 광야가 기다립니다. 어서

오세요.〉(2015. 6. 24)

내 생에 꼭 해보고 싶은 홀로 떠남.

충분히 행복해라. 몸조심하고.

이렇게 간접적으로라도

바람을 느낄 수 있으니 참 좋다.

조심 또 조심.

>>

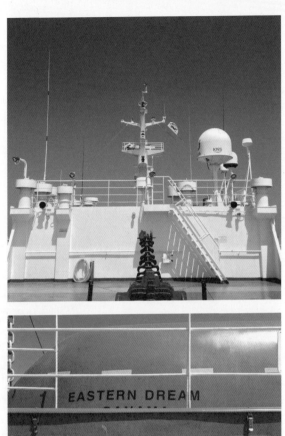

>>

¶

블라디보스토크에서 중국 국경을 따라 북쪽으로 770킬로미터 떨어진 하바롭스크에 도착했다. 블라디보스토크와 함께 러시아 극동 지방에서 가장 큰 도시이다. 이곳에서 처음으로 카우치서핑을 했고, 그렇게 야나를 만났다. 야나 역시 내가 자신의 첫 손님이란다. 야나의 집에서 사흘을 머무는 동안 그녀의 남자 친구이자 대학에서 미술을 가르치는 화가 세르게이도 만났다. 마침 세르게이가 캄보디아를 여행하면서 그렸다는 유화가 전시 중이라 갤러리를 다녀오고 그의 작업실도 구경했다. 세르게이는 야나와 달리 영어가 서툴렀지만 우리는 예술이라는 공통 화제로 대화를 이었다. 지리적으로 서울에서 그리 먼 곳이 아님에도 처음에는 모든 것이 매우 낯설었는데, 야나와 세르게이 커플이 베풀어 준 환대 덕분에 여행 초반의 걱정과 긴장이 많이 풀렸다. 이후 러시아를 빠져나올 때까지 야나와 가끔 메신저로 소식을 주고받으며 안부를 전했다.

옵티마팀과는 자연스럽게 헤어졌다. 이들의 스케줄은 나보다 촉박했고, 번잡한 도시보다는 길 위의 풍경 위주로 다닐 거라고 했다. 그리고 뒤늦게 오던 캠핑카팀을 다시 만났다. 블라디보스토크-모스크바 고속도로 개통 기념탑에서 같이 점심을 먹고, 하바롭스크에서 치타까지 약 2천1백 킬로미터 구간을 동행했다. 최근 이 구간에서 여행자를 대상으로 몇 건의 강력 범죄가 일어났다는 사실을 접했다. 독일인 라이더가 주유 중에 총에 맞거나, 일본인 라이더가 야영 중에 살해당했다는 사건은 라이더 사이에선 제법 유명하다. 게다가 야나의 남자 친구 세르게이도 코너 구간이 많아 어느 프랑스 라이더가 과속 중에 사고로 죽었다고 말해 줬다.

여정 초반부터 가장 위험하다는 구간을 지나는 것 때문에 내심 부담이 컸는데, 막상 나흘에 걸쳐 하루에 5백 킬로미터씩 달리는 동안 신변의 위협을 느끼진 않았다. 전반적으로 도로 상태가 좋았고 특별히 코너 구간이 많은 것 같지도 않았다. 풍경 역시 훌륭했다. 내가 파악한 바로 이번 여름 시즌에만 한국인 라이더 열 명 정도가 러시아를 횡단하고 있는데, 안 좋은 소식을 접한 적도 없다. 소문이 지나치게 비약된 것인지도 모른다. 어쨌든 모터사이클은 외부 환경에 그대로 노출되므로 조심해서 나쁠 것은 없다. 나중에 바이칼 호수에서 만난 아냐 말을 들으니 이 구간이 위험한 것은 사실인 듯싶다. 특히 모터사이클 라이더를 대상으로 범죄가 많이 일어났다고 한다.

위기의 순간은 오히려 엉뚱한 곳에서 왔다. 전날 묵은 작은 마을 스코보로디노Skovorodino에서 구글 맵을 따라 다시 M58번 고속도로로 나가는 중이었다. 비포장 도로로 잘못 들어섰고, 그대로 다음 마을까지 60킬로미터를 달렸다. 도중에 깊이를 가늠할 수 없는 흙탕물 구간이 나와 돌아가다가 자갈길을 만나고 중간에 세 번이나 넘어졌다. 결국 동네 주민의 도움으로 겨우 마을을 빠져나왔다. 알고 보니 아까 돌아 나온 흙탕물 구간을 지났어야 했고, 무릎 아래 깊이까지 파인 그곳을 다행히 넘어지지 않고 통과했다. 예정대로라면 오늘 하루 적어도 4백 킬로미터를 달려야 하는데 고속도로에 진입하니 벌써 오후 2시 반이었다. 초조한 마음에 부지런히 달렸는데 설상가상으로 그새 지나친 주유소 두 곳이 영업을 하지 않았다. 지금 생각해 보니 아마도 2~3백 킬로미터 내 주유소가 없다고 하는 구간이었다. 탁 트인 시야 끝까지 길이 죽 펼쳐져 있었다. 주유소로 추정되는 어떤 것도 보이지 않았다. 주유 경고등이 켜진 채로 109킬로미터를 탄력 주행했는데, 내내 초조하고 불안했다. 결국 광야 한복판에서 예비 연료 2.7리터까지 다 쓰고는 시동이 꺼져 버렸다. 전날 일기에 〈코너 한 번 없이 일직선으로 지평선 끝까지 펼쳐진 도로를 원 없이 달렸다. 이곳이 도로인지 활주로인지 헷갈릴 정도〉라고 적었는데 어디까지나 휘발유가 넉넉할 때의 이야기다. 불행 중 다행으로 나보다 앞서 달리던 캠핑카팀 덕분에 위기를 해결했다. 간신히 3G망이 잡히는 곳에서 SOS 메시지를 보냈고 이들이 20킬로미터 떨어진 곳에 있는 주유소에서 휘발유를 사왔다. 동행하길 정말 잘했다. 이 자리를 빌려 다시 감사 인사를 드린다. (2015. 6. 29)

나는 〈떠날 준비를 서둘러

가능한 한 빨리 새롭게

전환하는 것이 좋다〉는 항목에

해당했다. 그리고 지금 가장

나다운 방식을 찾아 〈현장〉을

여행 중이라는 데까지 생각이

미쳤다.

하바롭스크에서 야나와 남자
친구인 화가 세르게이를
만났다. 그의 유화 전시를
봤고, 다 같이 술집에서
한잔했다. 이제 겨우 여정을
시작했을 뿐인데 벌써부터
고마운 친구들이 생기다니.
하바롭스크를 떠날 때는
야나에게 엽서를 남겼다.

동네에서 마주친 아이들. 만나서 반가워.
근데 혹시 고속도로 가는 길 아니?

>>

작은 마을 스코보로디노에서 또 다른 세르게이를 만났다.
친절하게도 다음 날 묵을 만한 숙소, 자신의 연락처 등을 적은
메모지를 건넸다. 그로부터 2주 뒤 우리는 다시 만났다.

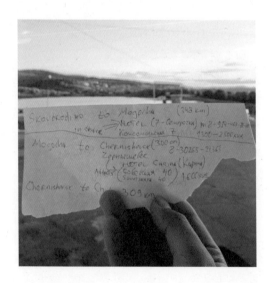

∨
∨

¶

〈끝도 없이 원하는 게 사람〉이란 모 신용 카드의 광고처럼 시간이
지날수록 나의 욕심도 점점 변해 갔다. 처음엔 그저 동행이 있으면
좋겠다고 생각했는데, 언제부터인가 다른 탈것이 아닌 모터사이클과 함께
다니는 상상을 했다. 비가 오든 서리가 내리든 상관없이 서너 시간을 죽
달릴 수 있는 자동차와는 근본적으로 페이스가 다르기 때문이다. 내게는
비바람을 막아 줄 지붕과 창문이 없다.

그러던 중 치타까지 3백여 킬로미터 남은 구간에서 시베리안 라이더
안드레이와 사샤를 만났다. 둘 다 치타 출신으로 집에 가는 길이란다.
나이는 대략 30대 후반에서 40대 초반으로 보였고, 순한 인상과는 거리가
먼 전형적인 터프가이 유형이었다. 이들의 혼다 투어러급 모터사이클은
이 지역의 규모에 딱 적합했다. 덕분에 드넓은 광야를 함께 달리다가
점심도 먹고, 저 멀리 먹구름이 보이면 잠시 멈춰 우의로 갈아입고는 예측
가능한 비바람을 지났다. 햇볕이 쨍하면 다시 멈춰서 하늘을 가리키며
어깨를 쓱 올리고는 다시 우의를 벗었다. 무엇보다 내가 느끼는 바람의
질감을 이들도 함께 느낀다는 것이 좋았다. 도로 사정이 좋은 곳에선 평균
시속 140킬로미터 정도로까지 달리는 이 두 형들을 힘겹게 따라간 덕에
예상보다 일찍 그리고 무사히 치타까지 도착했다. (2015. 6. 30)

치타를 떠나 울란우데로 향하는 다음 날, 주유를 하는데 한 라이더가 슝
하고 지나간다. 손을 흔들어 인사했더니 조금 후에 다시 돌아온다. 이름이
세르게이란다. 지금까지 러시아에서 만난 세르게이가 벌써 셋이다. 역시나

고개로 방향을 가리키며 묻는다. 치타, 울란우데? 울란우데. 계기판을
가리킨다. 속도는? 시속 100~120킬로미터. 마지막으로 내비게이션이
있냐고 묻는다. 아니. 그렇게 또 동행을 시작했다. 세르게이가 영어를 전혀
할 줄 몰라서 의사소통이 쉽지는 않았다. 하지만 멋진 풍경 앞에서 언어
문제는 그리 중요하지 않았다. 우리는 지평선이 끝없이 펼쳐진 길에서
해가 서서히 넘어가는 풍경을 바라보며 잠시 바이크를 세우고 함께
감탄했다.

밤 8시가 넘어서야 울란우데에 도착했다. 울란우데는 부랴트 공화국의
수도로, 몽골과 접경지대라서 그런지 도시 곳곳에 몽골족이 많이 보였다.
어느 주유소 길목에 도착하자 세르게이는 어딘가로 전화를 걸었고 몇 분
뒤 일제 모터사이클을 탄 훤칠한 훈남 예프게니가 등장했다. 그를 따라간
곳이 울란우데의 모토 클럽 아파짓oппoзит이다. 현재는 사용하지 않는
허름한 창고를 개조해 현지 라이더나 모터사이클 여행자를 위한 휴식
공간으로 쓴다. 여기서 간단히 정비를 할 수 있고, 침낭이 있다면 소파에서
잘 수도 있다. 창고 맞은편에 임시로 만든 재래식 화장실이 있고, 샤워는
할 수 없다.

사실 어제 길에서 만난 사샤에게 두 가지 정보를 받았는데 하나는 바이칼
호수 근처에서 묵을 만한 호스텔의 명함이었고, 다른 하나는 냅킨에 적힌
전화번호였다. 울란우데에 도착하면 여기서 자라고 했다. 모토 클럽으로
간다는 세르게이에게 구글 번역기를 이용해 사샤에게 받은 전화번호를
가리키며 〈그럼 이곳에 전화를 걸어 내게 숙소 주소를 알려달라〉고
했는데, 뭐라 알아들을 수 없는 러시아 말을 반복했다. 대충 〈내가

거기까지 데려다 줄게〉정도로 짐작했을 뿐이다. 사샤가 적어 준 번호는
알고 보니 여관이나 호스텔 번호가 아니라 이 클럽 대표(챔피언이라고
부른다)의 휴대폰 번호였다. 챔피언에게 사샤의 사진을 보여 줬더니
자신의 오랜 친구란다. 그동안 세르게이의 행동이 이해가 갔다. 우린
목적지가 같았던 것이다.

여러 명의 라이더들로 제법 왁자지껄한 클럽에서 어느 라이더가 이곳을
찾는 대부분의 한국인은 왜 내 것처럼 큰 바이크를 타냐고 물었다.
내가 타는 F800GS 어드벤처 모델은 브레이크가 자동으로 잠기는 것을
풀거나(ABS) 급 가속 시 타이어가 미끄러지는 것을 제어(ASC) 해주기
때문에 나 같은 초보의 미숙함을 어느 정도 보완해 준다. 또한 상위 기종
모델과는 1천만 원 가까이 차이 나기 때문에 이 모델 역시 고가임에도
불구하고 그나마 많이들 타는 것 같다고 답했다. 덧붙이자면 이
모터사이클은 내가 제어하기에는 크고 무거운 게 사실이다. 하지만 대륙
횡단용으론 그나마 적합하다.

방명록을 보니 이미 몇몇 한국인이 다녀간 흔적도 보인다. 다들 비슷한
경로로 오고선 깜짝 놀랐을 것이다. 이날 밤 만난 마틴은 독일 출신으로
몽골에서 4주간 머물다가 올라왔단다. 전에 타던 BMW 바이크의
트랜스미션이 고장 나 결국 처분해 버리고, 부랴트 출신 빅토르의
도움으로 사이드카로 유명한 러시아 브랜드 〈우랄〉 바이크를 중고로
매입했단다. 다행히 둘 다 영어를 잘해 상황 설명을 들을 수 있었다. 같이
근처 마트에서 장을 봐 맥주를 곁들이며 늦은 저녁을 해결했다. (2015. 7. 1)
마틴과 빅토르는 정비를 마친 우랄을 타고 블라디보스토크를 향해

떠났다. 나는 캠핑카팀에 다시 합류하여 두 번째 동행을 시작했다.

가로등이 전혀 없는 깜깜한 시베리아 도로 위를 달리는 것은 가로로 내리는 비를 정면으로 맞는 것 같았다. 유독 헤드라이트로 수많은 벌레들이 모이고, 일부가 내 헬멧에 부딪히면서 시야가 금세 뿌옇게 된다. 10~20분마다 멈춰 헬멧을 닦아야 했다. 아마 한밤의 고속도로에서 아무 불빛 없이도 달릴 수 있는 터미네이터라도 벌레 때문에 그리 유쾌하진 못했을 것이다. 캠핑카를 따라 우여곡절 끝에 어느 마을로 진입해 자리를 잡았다. 어렴풋이 달빛에 비치는 물결이 보인다. 오, 호수에 왔나 보다. 여기서 며칠 쉬기로 했다. (2015. 7. 2)

멋진 풍경 앞에서 언어 문제는 그리 중요하지 않다. 지평선이
끝없이 펼쳐진 길에서 해가 서서히 넘어가는 풍경을 바라보며
잠시 바이크를 세우고 함께 감탄했다.

치타 가는 길에 만난 사샤와 안드레이의 바이크.

그리고 러시아에서 만난 세 번째 세르게이.

>>

모토 클럽 아파짓에서
만난 친구들. 모두
모터사이클 여행
중이었다. 그리고
독일 출신의 마틴과
그의 〈우랄〉 바이크.

¶

바이칼 호수에 대해서는 정보도 없었고, 기대를 가진 것도 아니다.

단지 이곳은 내게 첫 고비를 무사히 넘긴 것을 상징하는 이정표다. 아마

캠핑카팀도 이곳에서의 휴식을 바라보며 쉬지 않고 달려왔을 것이다.

처음 마주한 인상은 파도가 좀 약한 바다 느낌이었다.

작년 여름에 오랜 친구들과 오토캠핑을 할 때도 느낀 건데, 캠핑은 어딘가

산만한 구석이 있다. 최소한으로 자연에 잠시 신세를 지는 것이라면

모를까, 일상에서 누리던 것을 그대로 야외로 옮겨 놓는 것이라면 여러

가지를 준비하고 정리하는 과정이 만만치 않다. 기본적으로 물과 불

그리고 전기가 거의 필수며 적절한 차양과 바람막이, 때론 공기를 데워 줄

모닥불도 필요하다.

환경을 대하는 문제에 대해선 아직 섣불리 말할 수 없다. 아무래도 캠핑을

하다 보면 모든 잔여물이 노출되기 때문이다. 쓰레기와 오수, 전날 태우고

남은 숯의 재 등이 그대로 남아 있으니 상대적으로 더 많아 보일 순 있다.

실내에서 묵을 땐 아무래도 화장실과 쓰레기통이 별도로 있고, 눈에 잘 안

보일 테니 말이다.

애초에 이번 여행에서 캠핑을 고려하지 않았다. 모터사이클을 타는 동안

종일 센 바람이나 벌레와 싸워야 하기 때문에 휴식만큼은 확실하게

하고 싶었다. 캠핑을 고려하면 챙겨야 할 짐도 많아진다. 거의 종일 차

안에서 대기하거나 휴식을 취하다가 어느 지점에서 야외 활동을 하는

캠핑카팀과는 여행 방식이 다를 수밖에 없다.

그럼에도 불구하고 이들과 함께 호수 변에서 캠핑을 한 경험은 매우 근사했다. 수영을 하고 자전거와 카약도 타고 식사 준비도 도왔다. 러시아식 전통 꼬치구이인 샤슬릭 비비큐도 해 먹으며 순간을 만끽했다. 지금도 모닥불을 피워 옹기종기 모여 앉아 맥주와 와인을 곁들이고 한국말로 이야기를 나눈 그 순간이 그립다. 캠핑카로 세계 일주를 기획한 세환 형이 아니었다면 결코 경험할 수 없었을 것이다. 형은 오랜 경험을 통해 혼자 여행했을 때의 고독에 진저리가 난 듯싶고 나는 이제서야 그의 10년 전 행보를 뒤따라가는 느낌이다. (2015. 7. 3)

고작 하루 푹 쉬었을 뿐인데 긴장이 풀리면서 그간 잊고 있었던 서울에서의 일상들이 떠올랐다. 돌이켜 보면 직장 생활이 못 견딜 정도로 갑갑한 건 아니었다. 오히려 시스템 안에서 나름대로 숨 쉬며 즐겁게 생활했다. 한편 바다처럼 드넓은 이곳에서 유유히 쉬다 보면 밀도 높은 도시에서의 생활을 어찌 견디었나 싶기도 하다. 인내의 시간이 있었기에 지금 내가 이렇게 일시적 자유를 만끽할 수 있는 건 아닐는지. 변화 경영 전문가 구본형의 칼럼에 이런 구절이 있다.

> 떠나고 싶으면 준비해라. 밖은 춥다. 추우면 잠조차 편히 잘 수 없다. 미래에 대한 불안은 얼음보다 차가운 것이다. 갈 곳이 분명치 않으면 떠나지 마라. 단지 지금 이곳이 견디기 어렵다는 이유로 대책 없이 떠나면 네거리에서 갈 곳을 잃고 멍하니 서 있게 되거나 아무 길이나 조금 갔다 이내 되돌아오기 십상이다. (구본형, 「새로운 출발」, 『한경 비즈니스』, 2008. 5. 5)

글의 다음 부분에는 무작정 떠나기 전에 나에게 주어진 일이 기질과
능력에 맞는지, 함께 일하는 동료를 믿고 존중할 수 있는지, 궁극적으로는
자신이 일을 통해 학습과 성장의 기회를 가질 수 있는지 등을 묻는 질문이
있었다. 자가 진단을 통해 난 30점 이상을 받았고, 이는 〈떠날 준비를
서둘러 가능한 한 빨리 새롭게 전환하는 것이 좋다〉는 항목에 해당했다.
그리고 지금 가장 나다운 방식을 찾아 〈현장〉을 여행 중이라는 데까지
생각이 미쳤다. 현장을 알려면 현지인과도 좀 만나야 하는데, 그전에 일단
좀 씻어야 할 것 같았다. 치타 이후로 5일째 샤워를 못했다.

전날 머물던 호수 남동쪽에서 이르쿠츠크 방향으로 2백여 킬로미터 더
이동해 숙소를 찾았다. 치타 가는 길에 만난 사샤가 호수에 도착하면
가보라며 명함을 건네 준 곳이다. 이곳 주인장 아냐와 부모님 그리고
주말을 맞아 놀러 온 크리스티나, 제냐 부부가 반갑게 맞이해 줬다.
포근한 시골집에 온 것 같다.

저녁엔 러시아식 사우나인 〈바냐〉에서 함께 목욕을 했다. 아냐의 아버지
유라가 자작나무 잎가지를 말린 다음 묶어서 먼지 털듯 또는 마사지하듯
내 등판을 후려치는데 어찌나 시원하던지.

아냐 역시 라이더인데, 오는 10월에 야마하 바이크로 남미를 종단할
계획이라고 했다. 혼자인데다 영어도 서툴고 스페인어도 할 줄 몰라
두렵다며, 혼자서 여행하는 것이 무섭진 않냐고 물었다. 나 역시 출항
일이 다가올수록 하루하루 잠을 설칠 정도였다고 답했다. 하지만 이렇게
길에서 만난 친구들 덕에 여기까지 무사히 왔고, 〈바냐〉도 하지 않았나.
지금 이곳, 이 순간이 참 좋다. 크리스티나는 이날 밤 나보고 계속 아냐랑

같이 남미로 넘어가라고 부추겼다. (2015. 7. 4)

바이칼 호수 근처에서 만난 이들의 표정은 다들 선하고 맑다. 이렇게 평화로운 호수 근처에 산다는 것이 얼마나 큰 축복인지 이들은 알고 있을까? 다음 날 다같이 물가로 놀러 갔다. 사람 사는 세상은 다 비슷비슷한지라 노는 방식도 특별히 다르진 않았다. 숯불을 피워 비비큐를 하고, 강아지를 목욕시키고, 카 오디오로 음악을 틀고, 햇볕을 쬐었다. 나중엔 아냐 부모님도 합류했다. 술도 마셨고 배도 부르다. 이제 수영할 시간이다. 7월 초순인데도 여전히 물이 차가워서 이들도 오래는 못 담근다. 주저하고 있는 내게 크리스티나가 말했다. 「넌 시베리아인도 아닌데 금방 나오면 뭐 어때. 한번 해봐.Just try, you're not Siberian.」

일요일이 저문다. 크리스티나 부부는 오후에 다시 이르쿠츠크로 떠났고, 해 질 녘 아냐의 또 다른 라이더 친구 크리스티나가 일행 알렉산더와 잠시 들렀다. 그녀 역시 이르쿠츠크 출신이란다. 이름도 같고 심지어 출신도 같다. 아냐가 전날 〈러시아 곳곳의 모토 클럽을 알고 있으니 친구를 소개하여 주겠다〉고 했을 땐 그저 고마운 마음뿐이었는데, 이런 미녀일 줄이야.

굿 뉴스, 크리스티나가 내일 퇴근 후에 데리러 올 테니 이르쿠츠크 초입에서 만나자고 했다. 자기 아파트에서 재워 준 단다. 배드 뉴스, 남친이랑 우선 상의해 보겠단다. (2015. 7. 5)

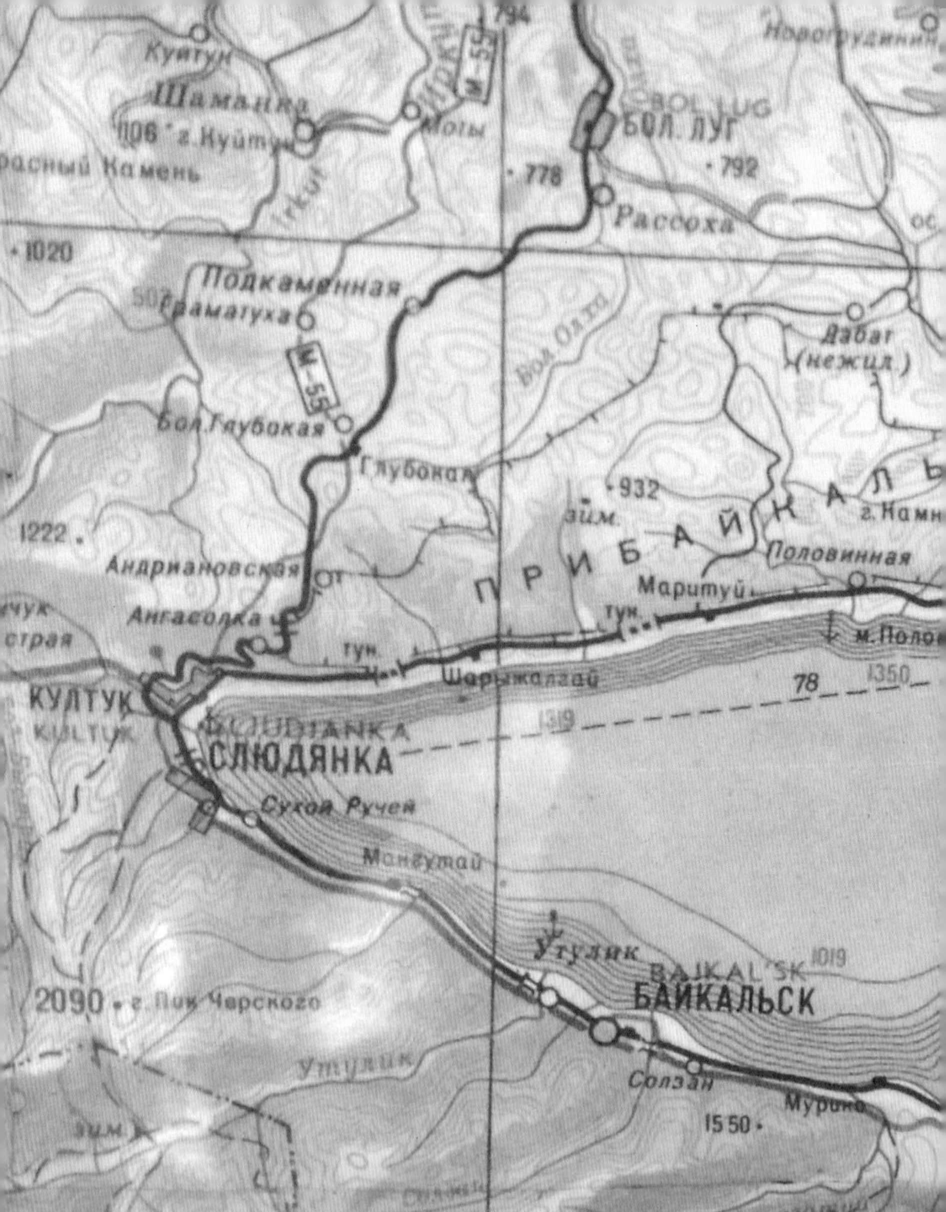

Куйтун
Шамлик
106 г.Куйтун
расный Камень
794
ИРКУТ
М-55
Моты
БОЛ.ЛУ
БОЛ. ЛУГ
792
778
Рассоха
ос
· 1020
Подкаменная
Шаромаматуха
Irkut
М-55
Дабат
(нежил.)
Бол.Глубокая
Глубокая
· 932
зим.
г.Камн
ПРИБАЙКАЛ
1222 ·
Андриановская
Маритуй
Половинная
чук
страя
Ангасолка
тун.
тун.
↓ м.Поло
тун.
Шарыжалгай
78
1350
КУЛТУК
KULTUK
1319
СЛЮДЯНКА
1319
Сухой Ручей
Мангутай
2090 · г.Пик Черского
Утулик
BAIKAL'SK
1019
БАЙКАЛЬСК
Утулик
Солзан
Мурино
зим.
1550 ·
ПАРН
2110

Ниж Кочергат
Бурдаковка
Малышкино
(нежил.)
Бурдугуз
Тальца
806
Черемшанка
Бол Голоустное
1137
M-55
BOL'ŠAIA REČKA
БОЛЬШАЯ РЕЧКА
1178 · г. Сапун
Никола
Бол Коты
БАЙКАЛ
BAJKAL
ЛИСТВЯНКА
Бугульдейка 130
м. Толстый
1416
1410
71
41
1310
Бугульдейка 130
Переемная
ТАНХОЙ
Кедровая-Сибирская
Новоснежная
M-55
БАЙКАЛЬСКИЙ
ЗАПОВЕДНИК

바이칼 호수.
첫 고비를 무사히 넘긴 것을
상징하는 이정표.

전날 머물던 호수에서 이르쿠츠크 방향으로 2백여 킬로미터 더 이동했다.
사샤가 명함을 건네 준 곳이다. 포근한 시골집에 온 것 같다.

¶

전날 크리스티나와 함께 소개받은 알렉산더와 동행하여 이르쿠츠크에
도착했다. 이때까지만 해도 내가 그를 따라 올혼에 가고, 거기서 생고생을
할 줄은 상상도 못했다. 알렉산더와는 그 이후 크라스노야르스크까지
동행했다.

이르쿠츠크 초입에 다가갈수록 비가 제법 왔고, 이런 날씨임에도
불구하고 굳이 모터사이클로 마중 나온 크리스티나의 모습이
인상적이었다. 어쩌면 퇴근 후 차로 오는 게 더 편했을 텐데, 모터사이클을
타는 사람들만의 어떤 공통점이 있는 걸까? 가령 불편을 감수하고서라도
자연을 즐기고자 하는 어떤 고집 같은 것 말이다. 그녀는 현재 IT 솔루션을
제공하는 회사에 다니고 있다고 했다. 남자 친구는 나와 동갑으로 주로
비행기를 디자인하는 프로그램의 개발자 겸 엔지니어였다. 모터사이클을
자가 정비하는 취미가 있는데, 인두로 부서진 플라스틱을 접합하여
수리한 적도 있단다. 이날은 크리스티나의 현지 라이더 친구들도 합류해
맥주를 마시고 시내를 구경했다. (2015. 7. 6)

바이칼 호수 안에 있는 올혼 섬은 내게 최고의 풍경과 최악의 오프로드
경험을 선사했다. 섬으로 진입하기 위해 약 30분 간격으로 운행하는
페리를 기다리고 있는데, 이 섬에서 나오는 대부분의 차들이 진흙물을
뒤집어쓰고 있었다. 대부분 SUV였고 두껍고 큰 오프로드용 타이어를
장착하고 있었다. 날씨도 좋고 비도 안 오는데 뭐 이렇게 지저분해질
정도로 운전을 했나 싶었다.

올혼 섬에 도착하니 단 하나뿐인 비포장도로의 노면이 빨래판처럼 심하게 울퉁불퉁했다. 이게 도로가 맞나? 조금 지나니 양 옆으로 우회하는 길들이 여러 갈래 보였다. 차량들이 남긴 자국으로 생긴 자연스러운 길이었고 원래 도로보다 오히려 매끈했다. 초원과 흙길을 달리는 동안 모터사이클이 한 마리 말처럼 느껴질 정도로 몹시 즐거웠다.

그러나 밤부터 다음 날까지 내린 비로 상황은 바뀌었다. 바이크 성능만 믿고 방심한 나는 미끄러운 초원 속에 숨어 있던 바위틈에 순간적으로 날아 굴렀다. 첫 번째 사고다. 호흡을 고르고 다시 바이크를 일으켜 세우니 오른쪽 알루미늄 박스가 다 먹고 남은 김밥의 쿠킹호일처럼 찌그러져 있었다. 다시 일어나 달렸지만 몇 개의 구릉을 넘다가 급경사 내리막의 진흙 길 초입에서 또 넘어졌다. 브레이크를 밟으며 내려오다가 ABS로 인해 브레이크가 자동으로 풀려 버린 것이다. ABS 기능을 껐어야 했다. 풀밭에 온몸이 쓸리는 와중에 헬멧 사이로 허브 향이 들어왔다. 지옥에서 잠시 천국을 맛본 기분이랄까.

모터사이클이 넘어지면 시간과 힘이 들지만 다시 일으켜 세우고 출발하면 된다. 그러나 두 번째 사고 지점은 경사가 급한 내리막길에 땅이 온통 미끄러워 설령 일으켜 세운다 해도 도저히 내려갈 자신이 없었다. 내 힘으로 문제를 해결할 수 없다는 무력감 때문에 패닉에 빠졌다. 설상가상으로 비는 계속 내렸고, 서서히 한기를 느꼈다. 무모하게 달리느라 알렉산더랑 길이 엇갈렸고, 시야 끝 어디에도 사람은 보이지 않았다. 불행 중 다행으로 몸은 여전히 무사했고, 모터사이클 본체도 큰 이상은 없어 보였다. 트럭을 불러서 바이크를

신고 이 섬을 빠져나가야겠다는 생각뿐이었다. 경황이 없는 채로

1시간을 걸어 주 도로에 도착했고 몇 번의 히치하이킹을 시도했다.

하지만 자동차 운전자들은 바이크 슈트 차림의, 그러나 모터사이클은

없는 수상쩍은 동양인을 외면했다. 30분이 더 지나자 알렉산더가

돌아왔다. 이 섬에는 온통 관광객뿐이라 트럭 같은 것은 없단다. 과연

우리 둘이 저 모터사이클을 평지까지 내릴 수 있을까를 고민하며

다시 사고 지점까지 걸어가던 중에 멀리서 오는 다른 4명의 라이더를

발견했다. 여행 전 아버지께서 비상시에 사용하라고 챙겨 주신

호루라기를 힘껏 불었다. 미리 배워 둔 〈파마기체 파잘루스타Помогите

пожалуйста〉(도와주세요)란 러시아어도 처음으로 써봤다.

기적적으로 마주친 이들 그리고 알렉산더의 도움이 아니었으면 섬을

빠져나가지 못했을 것이다. 아는 단어가 고작 〈스파시바〉(고마워)밖에

없어 그 말만 반복하는데, 리암 니슨을 닮은 라이더가 〈바이커스

헬프 바이커스Bikers help bikers〉라며 이 정도면 바이크도 멀쩡하고 나도

〈노르말normal〉이란다. 우습게도 처음 올혼 섬으로 들어오면서 마주친

차량보다 더 심하게 진흙을 뒤집어쓰고 육지로 돌아왔다.

다시 크리스티나 숙소로 돌아왔고 늦은 시각임에도 불구하고 남자

친구가 내 모터사이클의 떨어져 나간 플라스틱을 땜질해 줬다. 그녀는

올혼 섬에 간 것을 후회하냐고 물었다. 무엇을 보고 경험했는지가

중요하지 바이크는 중요하지 않다고, 〈더 강해져야 해Be strong〉라고 말한

크리스티나가 나보다 더 어른스럽다. 나중에 그녀가 몽골에서 더 큰

사고를 당했던 이야기, 남자 친구가 아무도 없는 숲에서 고립되었을 때의

이야기를 들려줬다. 패닉에 빠지더라도 마인드 컨트롤을 하고 그 순간을 어떻게든 해결해야 한다고 했다. (2015. 7. 8)

모터사이클을 세차하며 체인에 낀 흙먼지를 털고, 정비소에 들러 알루미늄 박스를 용케 수리했다. 모든 도구를 동원해 어떻게든 솔루션을 제공한 미캐닉의 장인정신에 감탄했다. 심지어 없어진 부품은 절삭기로 직접 가공해 다시 만들어 줬다. 뒤틀린 리어 브레이크 페달도 수리했다. 총 수리비는 단돈 1천5백 루블로 약 3만 원 정도다. 아마도 BMW 정식 서비스 센터에 맡겼으면 수리는커녕 박스를 새로 사라고 했을 텐데. 오후 5시쯤 크라스노야르스크를 향해 출발했다. 중간에 큐툰Kuytun이란 마을에서 묵었다. 온몸이 쑤시지만, 모터사이클이 멀쩡히 돌아와서 다행이다. (2015. 7. 9)

 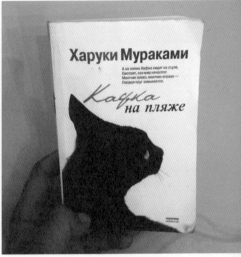

알렉산더와 동행하여 이르쿠츠크에 도착했고, 크리스티나가
마중 나와 주었다. 이르쿠츠크 시내 그리고 크리스티나가
차려 준 아침 식사. 그녀 집에 하루키 소설 『해변의 카프카』
가 있었다.

페리를 타고 바이칼 호수 안의 올혼 섬으로 향했다.

러시아 올혼 섬의 풍경.

¶

833킬로미터를 달렸다. 오전 9시 반에 출발해 거의 종일 달렸고 심지어 길을 잘못 들어 도중에 되돌아오기도 했다. 아마도 하루 동안 가장 오래 달린 거리가 될 듯싶다. 크라스노야르스크에 도착하니 크리스티나의 인맥을 통해 미리 연결된 키릴이 응대해 줬다. 사촌과 함께 금은 가공품을 다루는 상점을 운영하는 키릴은 루블화 가치 폭락의 결정적 원인이 우크라이나 사태 때문이고, 이는 미국을 비롯한 미디어의 의도가 개입되어 있다고 했다. 전에 스코보로디노에서 만난 세르게이도 비슷한 말을 했다. 여행하는 내 입장에선 물가가 저렴해서 좋은데, 이렇게 현지 친구의 말을 들으니 미안하기도 하다. (2015. 7. 10)

다음 날 오전, 크라스노야르스크 BMW 모토라드 매장에서 뒤틀린 핸들바를 조정하고, 엔진 오일과 브레이크액을 교체했다. 비가 오다 말다 했다. 정비 시간은 예상보다 오래 걸렸다. 하루 더 쉬고 싶은데 일단은 다시 떠나야 한다. 키릴이 케메로보에 있는 부얀에게 내가 간다고 연락을 취해 놨기 때문이다.

가는 길에 날씨가 심상치 않더니 폭우를 만났다. 일부 구간에서는 짙은 구름에 사위가 온통 어둡고 잘 보이지도 않아 차들이 비상등을 켠 채 달렸다. 우의를 입어 몸은 괜찮았지만, 헬멧과 두건 사이에 스며든 비로 얼굴이 서서히 젖어 갔다. 그럼에도 불구하고 멈출 수가 없었다. 광야 한복판에 길밖에 없는 구간이기 때문이다. 문자 그대로 자연 한가운데 온전히 혼자라고 느꼈다. 오기로 계속 달리다 보니 비가 그쳤다. 비가 그친 것보다는 내가 구름을 지나갔다는 표현이 정확하겠다.

밤 12시가 넘어 케메로보에 도착했다. 너무 늦어서 미안하다고 했더니
부얀이 뜨듯한 컵라면과 함께 환대해 줬다. 다시 고맙다고 했더니 〈노
스파시바no Спаси́бо〉라며 친구 사이에 고마운 것 없단다. (2015. 7. 11)

여행자 신분인데 선약이 생겼다. 노보시비르스크에서 일하는 세르게이와
점심을 먹기로 했다. 2주 전 치타 가는 길에 스코보로디노에서 만나
연락처를 교환했다. 케메로보에서 주말을 보내고 월요일 아침 일찍
출발해 250킬로미터를 달려 노보시비르스크에 도착했다. 시내에서 길을
헤매 30분 정도 늦었는데 표준 시간대가 바뀌어 오히려 30분 일찍 도착한
셈이 됐다. 시베리아니까 가능한 일이겠지? (2015. 7. 13)

노보시비르스크에서 쉬는 동안 〈DUST, RUST, ASH〉란 이름의 블로그를
만들었고, 그동안의 이야기를 풀었다. 여행 중에 블로깅을 하는 것이
좋은 선택인지는 모르겠으나 틈틈이 정리하는 편이 나을 것 같아서다.
몽골리아에서 러시아로 재입국을 대기 중인 한국인 라이더가 합류했다.
이름은 김동년으로 1983년 생이고, 일본 지바 현에서부터 출발했단다.
경로는 대체로 나와 비슷했는데 취업 비자 때문에 10월 초까지는
일본으로 돌아가야 했다. 동년과는 이후 상트페테르부르크까지 동행했다.
(2015. 7. 14~19)

노보시비르스크에서는 바짐에게
신세를 졌다. 자신의 어릴 적
그림을 보여 주는 바짐. 일주일을
함께 지내는 동안 느낀 그는
그림을 그리던 소년처럼 순수하고
착했다.

ЗЕЛЕНИН АИ

¶

노보시비르스크에서는 모터사이클 정비소 디디바이크스DD-Bike's 소속
엔지니어 바짐의 아파트에서 신세를 졌다. 역시 크리스티나의 인맥을 통해
미리 소개받은 곳이다. 디디바이크스에는 앤드루, 알렉스, 바짐, 드미트리
이렇게 4명의 엔지니어가 있다. 그 외에 본업이 별도로 있는 다른 멤버들이
홍보, 회계 등을 맡는다. 작은 회사이면서 동호회 같은 느낌이다.

하루는 알렉스의 제안으로 함께 출근해서 기본적인 정비법을 배우고 일을
도우며 이들을 관찰했다. 엉망이긴 하지만 처음으로 용접을 하고 수당도
받았다. 4명의 스페셜리스트가 모터사이클 하나를 수리하더라도 각자의
역할과 임무가 명확해 특정 파트를 분담하여 협업하기도 하고 간단한
수리의 경우 혼자서 다 처리했다. 가령 알렉스는 정비소의 마스터로
전반적인 것을 담당하고, 바짐은 주로 엔진 파트를 맡았다. 클럽의 대표는
앤드루였는데 드미트리의 말에 의하면 문서상의 대표일 뿐이지 권위를
내세우거나 자기들을 관리하는 직책이 아니라고 했다. 드미트리는 가장
마지막에 합류한 멤버로 나머지 엔지니어를 도우며 틈틈이 배우는
중이었다. 이들은 거의 매일 저녁, 각자 다른 일터에서 퇴근한 멤버들과
함께 라이딩을 했다. 라이딩을 마친 후 집에 오니 새벽 2시인 적도 있었다.

> 저는 사람들에게 일과 사생활의 〈균형〉이 아닌 〈통합〉을
> 권유합니다. 〈균형〉은 일과 사적인 삶이 서로 적대적이며 공통점이
> 없다는 뜻을 내포하고 있습니다. 이는 사실이 아닙니다. 일과

사생활은 대부분 사람과 관련돼 있습니다. 양쪽 영역 모두에
스트레스가 존재하죠. 또 일정을 맞추고 약속을 지켜야 합니다.
일과 사생활을 별개의 것으로 여기게 되면 한 영역에서 거둔 성공을
다른 영역으로 가져갈 수 없게 됩니다. 그런데 마음 챙김을 실천하면
이러한 구분은 누군가 임의대로 지어 버린 것일 뿐이며 이로 인한
제약을 받을 필요가 없음을 깨닫게 되지요.(앨런 랭어Ellen Langer,
앨리슨 비어드Alison Beard, 「복잡한 시대에 주목할 만한 마음 챙김의
미학Mindfulness in the Age of Complexity」, 『HBR』, 2014. 3)

내가 평소에 추구해 온 미덕은 주로 균형에 대한 것이었다. 회사원일 때는
일과 삶의 균형이 가능한지 많은 고민을 했고, 여러 시행착오를 통해 결국
그것이 허상이라고 생각했다. 하지만 정비소 디디바이크스에서의 경험은
비록 짧은 시간 동안의 얕은 관찰이지만 다른 가능성을 보여 줬다. 가장
놀라운 점은 이들에겐 일과 삶의 구분이 딱히 없다는 것이다. 균형을 따질
필요조차 없었다. 일과 삶은 단순히 퇴근 시점을 기해 독립적으로 나뉘는
것이 아니기 때문이다. 실제로 나는 프로젝트가 바쁠 때를 제외하고는
거의 오후 6시에 퇴근할 수 있는, 한국에선 놀라운 조건의 직장에서
근무했음에도 불구하고 그리 만족하지 못했다.
정비소와 이전 회사의 결정적인 차이는 분위기atmosphere다. 바짐을 비롯한
많은 친구들은 모터사이클에 푹 빠져 살고 있었고 그것을 가능하게 한
것은 디디바이크스의 자율적인 분위기였다. 덕분에 이들이 일과 삶을
어떻게 통합하고 있는지 엿볼 수 있었다.

안타깝게도 한국의 많은 회사는 여전히 생산성이란 명목 아래 직원을 관리하려 든다. 심지어 내가 근무했던 사업부는 오전 9시부터 11시까지 〈집중 근무 시간대〉라 이름 붙여 가급적 화장실을 제외하곤 외출을 자제하라고 했다. 그리고 이를 〈조직 문화〉라고 잘못 부르고 있다. 진정한 문화는 규율로 강제할 수 없다. (2015. 7. 20)

덕분에 드넓은 광야를 함께 달리다가 점심도

먹고, 저 멀리 먹구름이 보이면 잠시 멈춰

우의로 갈아입고는 예측 가능한 비바람을

지났다. 햇볕이 쨍하면 다시 멈춰서 하늘을

가리키며 어깨를 쓱 올리고는 다시 우의를

벗었다. 무엇보다 내가 느끼는 바람의

질감을 이들도 함께 느낀다는 것이 좋았다.

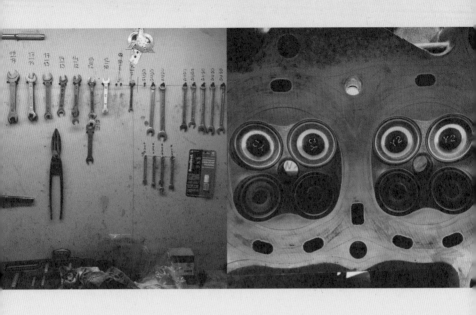

일과 삶의 구분이 딱히 없는 디디바이크스. 바짐을 비롯한 많은
친구들은 모터사이클에 폭 빠져 살고 있다.

>>

그새 정이 들어 떠나는 마지막 날
눈물이 났다. 헬멧을 쓰고 있어서
다행이다.

¶

시베리아에선 모든 일을 그저 흘러가는 대로 받아들이게 된다. 〈세상에 내 맘대로 되는 일은 하나도 없는데, 어떻게든 된다〉는 어느 여행자의 말처럼 말이다.

노보시비르스크에서 일주일 동안의 휴식을 마치고 다시 이동했다. 달린 지 이틀째, 옴스크에서 튜멘으로 가는 길은 유독 공사 구간이 많았다. 그리고 그날 오후 늦게 모터사이클에 딸린 알루미늄 박스 하나가 사라졌다. 마지막 주유소에 들렀을 때 동년이 깜짝 놀라며 박스 하나는 어디 있냐고 물었다. 그제야 사태를 파악했다. 박스가 언제 떨어져 나갔는지 모를 정도로 달리는 중에 아무런 느낌이 없었기 때문이다. 전에 수리했던 박스의 결속 부위가 울퉁불퉁한 도로 때문에 다시 헐거워지면서 결국 떨어져 나갔나 보다. 그 안에는 바이크 슈트의 방한용 내피, 수영복, 비상 약, 책 두 권 그리고 사촌 동생에게 빌린 랩탑과 외장 하드가 들어 있었다. 다행히 여권, 국제 운전면허증, 모터사이클 차량 보험 및 통관 관련 서류 등 여행에 필수적인 서류와 정비 용품은 다른 박스에 있었다. 몇 년 전 여행 때 짐을 송두리째 도난당한 경험이 있었기에 이번엔 마음을 빨리 추스를 수 있었다. 물질에 대해선 이제 포기가 빠른 편이다. 게다가 이날 주행 거리만 570킬로미터가 넘어 어찌할 도리도 없었다.

　　육조 혜능六祖慧能을 눈뜨게 한 구절이 〈금강경〉에 있습니다.

---

*　　Everything in Its Right Place. 라디오헤드Radiohead가 1999년에 발표한 노래 제목에서 따왔다.

〈응무소주 이생기심應無所住 而生其心〉 어디에도 머물지 말라,

어디에도 머물지 말고 그 마음을 내라, 어디에도 매이지 말고 그

마음을 일으키라는 말입니다. 움켜쥐었던 것을 놓아 버릴 수 있어야

합니다. 어떤 것을 늘 움켜쥐고 있으면 거기에 갇혀 사람이 시들어

버립니다. 그 이상의 큰 그릇을 갖지 못하게 됩니다. (중략) 우리가

살 만큼 살다 보면 언젠가는, 내가 원하든 원하지 않든 모든 것을

내려놓아야 할 때가 반드시 찾아옵니다. 그때 가서 아까워하며

망설일 것 없이, 내려놓는 일을 미리부터 연습해야 합니다. 그래야

진정한 자유인이 될 수 있습니다. (법정, 『일기일회 一期一會』, 2009)

원하지 않는 방식으로 무언가를 내려놓은 셈이지만, 어쨌든 법정 스님의
말씀처럼 모든 걸 비워야 한다는 생각으로 평상심을 찾고자 애썼다.
더불어 스스로에게 몇 가지 질문을 던졌다. 나는 왜 여행을 하는가?
여행에서 본질적인 것은 무엇인가? 이 여행이 일종의 수행이라는 기분도
들었다. 당장 노트북으로 글을 쓰고, 여행 중 찍은 사진을 저장하는 일이
불가능해졌지만 이 또한 부수적이다. 극단적으로는 모터사이클조차
본질적인 것이 아니므로 없어도 된다는 생각까지 했다. 물론 농담이다.
다음 날 예카테린부르크에 도착했고 동년이 바이크 정비를 맡기는 동안
알렉산더라는 사람에게서 믿기 어려운 메일을 받았다. 튜멘 가는 길에
친구가 박스를 주웠는데, 그 친구가 영어를 할 줄 몰라 자신이 대신
연락한다는 내용이었다. 아마도 박스 안의 노트북에서 메일 주소를 찾은
듯싶다. 박스는 튜멘 근처의 말코보Malkovo라는 마을에서 보관 중이란다.

내가 머무는 숙소와의 거리는 고작 350킬로미터였고, 시베리아 규모로
보자면 그나마 옆 동네 수준이었다. 다음 날 나는 말코보에 가기로 하고,
동년은 예카테린부르크의 호스텔에서 하루를 더 쉬기로 했다.

말코보까지 가는 길은 이상하게 불안했다. 잃어버린 박스를 너무 일찍
체념해 버렸는지, 그걸 받을 생각으로 들뜨기는커녕 오히려 확인하고 싶지
않은 것을 굳이 확인하러 가는 것만 같았다. 시간을 단축시키고자 거의
모든 차량을 추월했다. 평균 시속 140킬로미터 정도였다. 지나온 구간을
되돌아가는 동안 내 마음은 몹시 복잡했다. 왕복 7백 킬로미터를 다시
달려야 한다는 사실이나 박스 때문이 아니었다. 그동안 스스로를 속여 온
감정, 즉 낯선 곳에서 혼자가 된다는 두려움 때문이었다. 더불어 그때까지
내비게이션을 한 번도 제대로 써본 적이 없었다. 돌이켜 보건대 한국에서
모터사이클로 여행을 할 때도, 블라디보스토크에서 여기까지 오는
동안에도 잠깐씩이나마 늘 동행이 있었다. 복잡한 시내에서도 동행을
따라가기만 했다. 하지만 이날은 모든 걸 혼자 해결해야 했다.

불안정한 마음은 또 다른 의심을 낳기도 했다. 중간에 미심쩍은 진동이
느껴져 혹시 타이어에 펑크가 난 것은 아닌가 싶은 생각에 모터사이클을
세워 확인하기도 했다. 몸을 숙여 도로를 보니 아스팔트 포장 면의
요철 때문에 생긴 주기적인 진동이었다. 그들이 박스를 빌미로 나를
위협할지도 모른다는 망상이 끊이질 않았다. 말코보에 도착한 후, 만일의
사태에 대비해 동년에게 이곳의 위치와 그들의 연락처를 메시지로 보냈다.
알렉산더가 영어로 알려 준 주소가 구글 맵에 제대로 나오지 않았고, 하필
그 지번의 집에서는 인기척도 느껴지지 않았다.

하지만 불안을 정면으로 마주하면 이를 극복할 수도 있다. 한 남자가 아들과 함께 차를 타고 내 앞에 섰고 본인을 안드레이라고 소개했다. 알고 보니 나는 엉뚱한 곳에서 서성거렸던 것이다. 안드레이는 자신의 집으로 안내했고, 박스를 처음 발견했다는 세르게이와 당시 트럭에 동승했던 블라드가 그곳에서 나를 기다리고 있었다. 외딴 마을 말코보에서 만난 이들은 매우 친절했다. 안드레이는 내게 따뜻한 차와 점심을 대접했고, 다시는 박스가 떨어지지 않도록 드릴로 구멍을 뚫어 튼튼한 와이어로 몇 번을 매듭지어 묶어 주기까지 했다. 박스 안의 물건은 모두 그대로였다. 심지어 노트북과 외장 하드도 무사했다. 세르게이란 이름을 가진 이들과 전생에 인연이 있었나 보다. 세르게이, 안드레이, 블라드 그리고 메일로 연락을 취해 준 알렉산더에게 다시 한번 감사를 드린다.

다시 예카테린부르크로 돌아오는 길은 시속 1백 킬로미터를 넘지 못했다. 언제든 박스가 다시 떨어질 수 있다는 생각에 달리는 동안 사이드 미러를 통해 수시로 뒤를 확인하는 웃지 못할 습관도 생겼다. 대신 마음은 한결 가벼웠다. 박스는 제자리를 찾았고, 나 역시 이제는 온전히 혼자서 다닐 수 있겠다는 자신감을 찾았다. 서른두 번째 생일에 잊지 못할 선물을 받았다.

(2015. 7. 23)

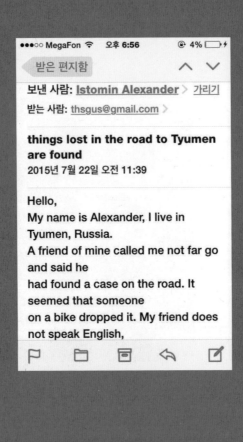

보낸 사람: **Istomin Alexander** > 가리기
받는 사람: thsgus@gmail.com >

**things lost in the road to Tyumen
are found**
2015년 7월 22일 오전 11:39

Hello,
My name is Alexander, I live in
Tyumen, Russia.
A friend of mine called me not far go
and said he
had found a case on the road. It
seemed that someone
on a bike dropped it. My friend does
not speak English,

¶

에카테린부르크로 돌아온 다음 날 아침, 화창한 날씨 속에 조깅을 했다. 시내 중심부가 수변 공간을 따라 제법 깔끔하게 정비되어 있어서 강변을 따라 달리기에 좋았다. 조깅을 하는 내내 편안한 기분을 느꼈는데, 아마도 건물들이 강을 따라 둘러싸고 있어서 그런 듯싶다. 아이러니하게도 시베리아를 지나오면서 탁 트인 광야에 대한 공포가 생겼다. 인적 드문 넓고 텅 빈 들 한복판에서 모터사이클이 고장나거나 지난번처럼 휘발유가 다 떨어져 멈추는 상황을 다시 겪고 싶지는 않다. 점심을 먹고 페름Perm을 지나 크라스노캄스크Krasnokamsk까지 달렸다. (2015. 7. 24)

카잔까지 가는 길은 날씨가 그리 좋지 않았다. 여러 개의 구릉을 지나오는 동안 반나절 이상 비가 오다 말다 했다. 도착하니 어느새 표준 시간대가 2시간이나 빨라져 있었다. 하루의 주행을 시간으로 보상받은 것 같아 기분이 묘했다. 나중에 지도를 통해 그 완만한 구릉들이 교과서에서나 들어 본 우랄 산맥이라는 것을 알았다. (2015. 7. 25)

오후에 니즈니 노브고로드에 도착했다. 저녁을 먹는 동안 너무 피곤한 나머지 나도 모르게 동년 앞에서 고개를 두 번이나 떨궜다. 일주일 연속으로 하루 평균 555킬로미터씩 이동, 3천886킬로미터를 달렸더니 피로가 누적됐다. 드디어 내일이면 모스크바에 도착한다. 그곳에서 며칠 쉴 예정이다. (2015. 7. 26)

달리는 동안 도로 표지판에 적힌 모스크바까지의 거리 숫자가 점점 줄어드는 것을 보니 감격스러워 눈물이 조금 났다. 블라디보스토크를

떠난 지 33일 만이다. 한편 시내 중심에 가까이 갈수록 교통 정체가
극심해져 눈물은 쏙 들어갔고, 운전에 집중하느라 경황이 없었다.
BMW모토라드 매장에 들러 후미등을 수리하고 타이어와 브레이크
패드의 상태를 점검했다. 정비공의 말에 의하면 아직 더 쓸 수 있단다.
참고로 같은 날, 외교부와 코레일의 공동 주최로 구성된 〈유라시아 친선
특급 원정대원〉들이 시베리아 횡단 열차를 타고 모스크바에 도착했다는
뉴스를 접했다. 기사에 나도 도착했다는 사실이 누락된 듯. 농담이다.
(2015. 7. 27)

모스크바에서는 동년과 나를 비롯해 한국인 여행자 두 명이 더 모였다.
〈Man, Motorcycle, Motorway, Moscow〉를 따서 M4라고 이름 붙였다.
이번 여름에 모터사이클로 혼자 여행 중인 한국인 라이더라는 공통점이
있다. 준용은 5월 초, 인근은 5월 말에 각각 출발했단다. 전직 가이드인
준용의 안내로 붉은 광장과 크렘린을 구경하고 맥주도 함께 즐기며
그동안의 이야기를 나눴다. 지나온 경로와 여행의 이유는 달랐지만 함께
고생길에 있다는 것만으로 쉽게 동질감을 느꼈다. 다들 앞으로의 여정엔
더 이상 힘든 에피소드보다는 즐거운 시간이 가득하길, 그리고 모두
무사히 돌아와 다시 만날 수 있기를 기도했다. 이후의 여정에는 인근이
합류해 동년과 셋이 다음 도시인 상트페테르부르크까지 함께 했다. (2015.
7. 28)

이곳에 머무는 동안 두 군데의 호스텔을 이용했다. 두 곳 모두
여행자보다는 여행자가 아닌 사람들이 더 많았는데, 이들은 아침 일찍
나가 저녁 늦게 돌아왔다. 듣기로는 주로 돈을 벌기 위해 이 도시에 왔고,

상대적으로 숙박비가 저렴한 호스텔에서 잠만 자는 경우가 많다고 한다. 돈이 모이는 도시는 그 돈을 좇는 타지 사람을 부른다. 이들의 표정은 그리 밝아 보이지 않았다. (2015. 7. 30)

서울 못지않은 모스크바의 교통 정체를 며칠간 관찰한 끝에 금요일 아침 일찍 이곳을 떠나기로 정했다. 오전 7시가 조금 넘은 시각에 모스크바를 무사히 빠져나왔고, 오전 중에 골든링* 중 한 곳인 세르기예프 포사트Sergiyev Posad라는 작은 도시에 들렀다. 트로이체 세르기예프 대수도원으로 유명한 곳인데, 성화 앞에 입을 맞추고 성호를 긋고 고개 숙여 묵상하는 사람들의 모습이 인상적이었다. 과학과 기술의 발전과는 별개로 종교의 영역은 여전히 사람들에게 필요할 것이다. 영적 공간과 분위기가 주는 안정감은 결코 기술로 대체될 수 없다.

좀 무리한 일정이긴 했지만 카우치서핑을 통해 미리 잘 곳을 구한 상태라 하루 만에 816킬로미터를 이동했다. 일부만 개통한 새 고속도로 M11을 경유한 덕분에 차량이 거의 없는 왕복 4차선 도로를 빠르게 달렸고, 비구름이 짙은 구간 대여섯 개를 지나는 동안 무지개도 여러 번 봤다. 7월의 마지막 밤, 러시아에서의 마지막 도시인 상트페테르부르크에 도착했다. (2015. 7. 31)

---

* Golden Ring. 모스크바 북동부에 위치한 도시들을 가리키는 용어로 이들 도시를 연결하면 원형을 이루므로 골든링 또는 황금 고리라고 부른다. 중세 러시아의 옛 모습이 그대로 남아 있어 러시아의 역사와 러시아 정교회에서 문화, 예술의 형성에 큰 역할을 했던 중요한 지역으로 여겨진다.

비가 오다 말다 했다.

정비 시간은 예상보다 오래

걸렸다. 하루 더 쉬고 싶은데

일단은 다시 떠나야 한다.

>>

>>

>>

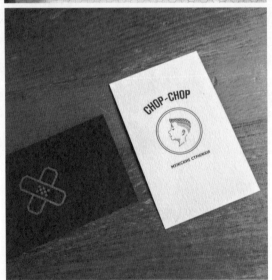

여행 중 처음으로 모스크바에서 머리를 다듬었다.

모스크바에서 처음에 머물렀던 BM호스텔. 모스크바에서는 도중에 랩탑 전원
케이블이 고장 나는 바람에 근처 전자상가를 헤맨 기억뿐이다.

모스크바에서 만난 〈사인 수집가〉 김이삭이 사진을 찍어 주었다.

¶

> 잘못된 선택 같지만 내 원칙 혹은 내가 발견한 현상이 맞는지
> 알아보기 위해서 일단 그 선택을 실행해야 할 때가 있다. 재미있는
> 것은 그런 용기를 내었을 때 결과가 나쁜 적은 거의 없다.
> (김동조 트위터 @hubris2015, 2015. 8. 2)

작년 봄, 두 명의 헤드헌터와 접촉했다. 당장 회사를 옮기려는 생각보다는
커리어 패스career path에 대해 전반적으로 진단을 받고 다른 산업군 또는
직무에 대해 정보를 얻고 싶었다. 그리고 방향을 정하면 차근차근 준비할
계획이었다. 난 그들에게 조심스레 2015년에 노르웨이까지 모터사이클
여행을 다녀올 거라고 말했다. 나의 고등학교 선배라고 한 A는 대뜸 그런
여행은 대학생 때나 했어야지 현재 상황에선 말이 안 된다며 부정적인
입장을 취했고, 내 여행을 〈대자연에 대한 경이〉라고 여덟 글자로 압축해
버렸다. 그곳에서 느끼는 것은 아마도 그 정도일 뿐이니 차라리 미국의
이름 있는 대학의 MBA 코스를 준비하라고 했다. 며칠 후 만난 B는
당시 나의 상황과 진행 중인 여러 작업들을 보고 당장에라도 떠나라며
정반대의 조언을 했다. 자기만의 브랜드를 만들어 가는 과정이 쉽진
않겠지만 그 길을 좀 더 단단하게 만드는 데 도움이 될 수 있다면 언제든
도와주겠다고 덧붙이면서.
문득 둘의 상반된 조언이 떠올랐다. 가지 말라는 A 대신 나는 다녀오라는
B의 조언을 취했지만, 이미 답은 내 안에 있었다. 단지 나보다 사회 경험이

>>

많은 이에게 동의를 구하고 싶었던 것 같다. 어쨌든 길 위로 나섰고 두 달이 지났다. 상상한 것 이상으로 다채로운 경험을 하고 있는데 무엇보다 중요한 것은 한계를 인식하고 그것에 대해 생각하고 있다는 점이다. 〈대자연에 대한 경이〉는 일순간에 지나지 않았다.

시간이 흐를수록 모터사이클을 다룰 때 맞닥뜨리는 여러 가지 한계를 미리 인지하게 된다. 이제는 가득 주유하면 대략 몇 킬로미터를 갈 수 있는지, 주유 경고등이 켜진 채로 얼마나 더 가면 시동이 꺼지는지 안다. 실제로 멈춰 본 적이 있기 때문이다. 갈 수 있는 길과 조금은 어렵지만 통과할 수 있는 길, 혼자 힘으로는 도저히 갈 수 없는 길에 대한 판단도 선다. 비포장길을 느린 속도로 통과할 땐 차체가 높고 짐도 무거워 더 조심해야 한다. 폭신한 모랫길은 거의 쥐약이다. 여정에서 몽골을 제외했기 때문에 모랫길을 만날 일이 없다고 생각했는데, 울란우데 모토 클럽의 진입 구간에서 한 번 마주쳤다. 거의 사막 같은 모랫길에서 두 번 넘어진 뒤에야 클럽 멤버인 예프게니에게 키를 넘겼다. 속도에 대해서도 한계를 정했다. 내가 경험해 본 최고 속도는 시속 220킬로미터이다. 한적한 일요일 늦은 밤, 서울의 남산 1호 터널에서 시험 삼아 달려 본 것이 처음이자 마지막이다. 계기판에 표시된 최대 시속은 240킬로미터고, 차체 옆에 알루미늄 박스를 달고 있으면 시속 160킬로미터를 넘지 않는 것이 안전하다. 이번 여행에서는 고속도로 기준으로 평균 시속 100~120킬로미터 정도로 달리고 있다. 그 정도가 가장 쾌적하다. 시속 80킬로미터이면 오히려 졸릴 때도 있다. 시베리아에선 달리는 내내 거의 모든 차량을 추월한 적도 있었지만 결국 그 앞의 차량 꽁무니에 또 붙을 뿐이라 이젠 욕심을 부리지 않는다.

더 중요한 것은 스스로에 대한 한계다. 소유하고 있다고 생각한 것들이 여러 방식으로 사라지는 경험을 겪다 보니 이것들이 내게 본질적으로 필요한지 다시 묻게 된다. 그런 상황에서도 평상심을 유지하고자 애썼다. (이 글을 쓸 당시는 오슬로 공항에서 내 배낭이 도착하지 않은 상태였다. 지연된 짐은 7일 후 노르웨이 대한민국 대사관에 도착했다.) 체력적으로 쉽지 않을 때도 있다. 8월 초 스칸디나비아에 진입하여 2주에 걸쳐 혼자 다닐 때는 하루에 쓸 에너지의 총량을 남기는 일 없이 모조리 쓴 기분이었다. 매일 5백여 킬로미터씩을 달려 숙소에 도착하면 모터사이클 상태부터 점검했다. 체인에 묻은 먼지와 기름때를 닦고, 다시 기름칠을 한 다음에야 샤워를 했다. 저녁을 간단히 해먹고 다음 날 머물 도시와 숙소를 찾던 중에 존 적도 있다. 물론 그 느낌이 나쁘진 않았다. 하루를 충실히 살면서 잉여가 없다는 기분이 오히려 가뿐하니 좋았다.

이렇게 한계를 인식할수록 나는 점점 겸손해지고 있었다. 그동안 막연하게 생각했던 〈무엇이든 할 수 있다〉주의를 다시 생각했다. 이는 자칫 〈어느 무엇 하나 잘할 수 있는 것이 없다〉를 의미할 수도 있기 때문이다. 즉, 무엇이든 〈할 수 있다〉는 태도에 초점을 두기 보다는, 내가 〈무엇〉을 할 수 있고 할 수 없는지 그 차이를 아는 것이 더 중요하다. 2014년 10월 24일 자 「뉴욕 타임스」에서는 무조건 긍정적인 것보다는 현실적인 제약 속에서 온 힘을 다한 사람들이 오히려 성과가 좋았다는 기사를 실었다. 현실주의에 바탕을 둔 긍정적 사고나 긍정적 사고에 바탕을 둔 현실주의가 필요하다는 의미다.

>>

극단적인 예로 마크 로스코Mark Rothko의 작품이 떠오른다. 여행 직전
본 그의 전시 중 로스코 채플을 재현한 공간이 있었는데, 온통 어두운
색의 그림들 속에 빛이 오묘하게 발하고 있었다. 마치 앞이 캄캄한 내
여행의 미래를 보는 것 같아 감정이 동요했던 기억이 난다. 전시장의
끝에는 로스코가 마지막 시기에 그린 그림(「무제」, 1970)이 걸려 있었고,
선홍색에 가까운 붉은빛은 로스코 채플에서 느꼈던 은은함과는 달리
너무나 눈부셨다. 그는 자신이 그리고자 한 바를 사람들이 분명히 이해해
주기를 바라며 결코 예술관을 굽히지 않는 사람이었다. 그의 고집을
고려해 봤을 때 스스로의 한계를 인지한 상태에서 최상의 퍼포먼스를
낸 것이 아닐까 조심스레 생각해 본다. 로스코는 그림을 완성한 1970년,
스스로 목숨을 끊었다.

한편 한계를 깨고자 노력하는 소수의 사람들도 있다. 지난 2012년
10월 14일, 레드불 스트라토스Red Bull Stratos 소속의 오스트리아 출신
스카이다이버 펠릭스 바움가트너Felix Baumgartner는 36.6킬로미터 상공에서
초음속 낙하 다이빙에 성공했고, 가장 최근엔 호주 출신의 모터사이클
스턴트맨 로비 매디슨Robbie Maddison이 물 위를 달리는 영상이 지난 8월
2일 공개됐다. 그는 노paddle와 같은 여러 개의 날이 덧붙은 바퀴를 고안해
냈고, 수십 번의 연습 끝에 모터사이클 서핑에 멋지게 성공했다. 영상
마지막에는 그가 다가오는 파도 사이로 모터사이클을 타고 들어가는
장면이 나온다. 이후 파도를 뚫고 유유히 갔을지 휩쓸렸는지는 모르겠다.
다만 그 한계의 찰나를 볼 수 있다는 것만으로 존경과 박수를 보낸다.
파타고니아의 창업자 이본 쉬나드Yvon Chouinard는 이렇게 썼다.

인간의 한계를 극복해야 하는 험난한 서핑과 고산 등정은 또 다른 중요한 교훈을 내게 가르쳐 주었다. 즉 절대로 자신의 한계를 넘지 말라는 것이다. 할 수 있는 데까지는 최선을 다해야 하지만 자신의 한계를 넘어서는 안 된다. 자신에게 진실해야 한다. 자신의 능력과 한계를 알고 그 범위를 벗어나서는 안 된다. 비즈니스도 마찬가지다. 회사가 능력의 범위를 벗어나서 일거에 무언가를 이루려고 하면 곧장 망하기 마련인 것이다. (이본 쉬나드, 『파도가 칠 때는 서핑을』, 2007)

한계를 안다는 것은 어떤 방식으로든 그 순간을 겪어 봤다는 것을 말한다. 아디다스의 러닝화 광고 카피처럼 괴롭고도 아름다운 이 순간을 사랑해야 한다. 그 순간을 무사히 보내면 사람은 겸손해지고, 그 경험이 우리를 성장하게 한다. 펠릭스가 초음속 낙하 다이빙에 성공한 다음 한 행동은 가슴에 성호를 긋고 땅에 입을 맞추며 신께 감사드린 것이다. 이들에 비하면 내 여행은 정말 아무것도 아니다. 하지만 나 역시 모터사이클과 함께 하는 동안은 매일 기도한다. (2015. 8. 29)

한계를 인식할수록 나는 점점 겸손해지고 있었다.

¶

오전에 잠시 모터사이클 상태를 확인하고, 체인에 기름칠을 했다.
상트페테르부르크의 첫 호스트 이리나가 사는 곳 근처에 큰 마트가
있어 며칠 동안 먹을 음식을 사왔고, 오후엔 동년이 도착해 맥주 등을
더 샀다. 제법 장을 많이 봤음에도 불구하고 폭락한 루블화 때문인지
5만 원도 넘지 않았다. 이리나가 시내에 괜찮은 콘서트가 있는데 같이
가겠냐고 물었지만, 전날 제법 긴 거리를 11시간 정도 고속으로 달린
상태라 쉬겠다고 말하고 종일 집에 있었다. 지금 생각하니 호스트로서
챙겨 주려는 마음이었을 텐데 그녀의 친절한 제안을 거절해서 미안하다.
저녁에는 소시지와 고기 산적을 구워 샐러드를 곁들여 동년과 함께
먹었다. (2015. 8. 1)

나에겐 규모가 큰 미술관이나 박물관에 대한 거부감이 있다. 지난 2004년
친구들과 서유럽 지역을 여행할 때, 루브르 박물관에서 반나절 이상
쉬지 않고 다니느라 나중에 다리도 아프고, 눈도 건조해져서 힘들었던
기억이 있다. 물론 모든 것을 한 번에 다 보겠다는 내 욕심 때문이다. 이미
예르미타시 박물관의 큰 규모에서 겁을 먹었고 그림 딱 한 점만 얼른 보고
나오려고 했다. 한참을 본관에서 헤매고 나서야 내가 찾는 그림이 얼마
전 새롭게 단장한 별관에 있다는 사실을 알게 됐다. 광장을 기준으로
본관의 맞은편에 따로 떨어져 있었다. 예르미타시 본관은 기둥, 바닥, 벽,
천장 등 건물 자체가 너무 화려해 전시품이 오히려 묻히는 느낌이었는데,
별관은 전반적으로 깔끔한 화이트 큐브라서 관람하기에는 더 편했다.

결국 보려던 앙리 마티스의 그림 앞에 도착했고, 약 십 분 정도를 근처에 앉아 있는데 그림 앞에서 다양한 포즈를 취하는 사람들을 구경하는 재미가 쏠쏠했다. 오후엔 인근과 이리나가 합류해 시내를 걸었고, 저녁엔 닭고기를 곁들인 크림 파스타와 샐러드를 만들어 먹었다. (2015. 8. 2)

근처 수영장에 다녀왔다. 바이칼 호수를 제외하고 제대로 수영한 건 처음이다. 규모도 제법 컸고, 25~50미터 레인으로 변형이 가능한 깊이 3미터 정도의 풀이다. 레인 하나를 혼자 여유롭게 쓰며 온몸에 뭉친 근육을 풀었다. 저녁엔 동년을 따라 그의 전 직장을 통해 연결된 상트페테르부르크 지점장을 만나 식사를 했다. 일본인 지점장과 일본에서 공부한 경험이 있는 러시아인 비서 그리고 동년이 유창하게 일본어로 대화를 주고받는 풍경이 신기했다. 세 나라의 사람이 모인 식탁에서 결국 일본인이 계산을 하는 것이 현재 각 나라의 경제력을 비유하는 것 같았다. 비서는 동년을 두고 너무 예의 바르고 격식 차리는 것이 일본인보다 더하다고 했다. 일찌감치 눈치챈 그의 눈썰미가 대단하다. 식사 후엔 거리 곳곳에서 버스킹을 하는 예술가들의 음악을 들으며 걸었다. 제법 선선한 날씨 속에 음악은 계속 귓가를 맴돌았고, 가사를 알아들을 수 없지만 그 멜로디를 한국의 친구들과 함께 들으면 좋겠다고 생각했다. (2015. 8. 3)

종일 쉬다가 오후에 잠깐 조깅을 했고, 저녁엔 다함께 미트볼을 곁들인 토마토소스 파스타를 먹었다. 이리나를 통해 어제 내가 들었던 노래가 스플린Сплин이란 유명한 그룹의 노래 「비호다 냐트Выхода нет」(No Exit)란 것을 알게 됐다. (2015. 8. 4)

인근, 동년과 함께 모스크바에 머물 때 불가리아의 모토 캠프 측에 주문한 그린카드(유럽 내 모터사이클 보험)를 국제 우편으로 받았다. 대부분의 유럽권 국가에서 유효하고 3개월에 140유로로, 국경에서 직접 가입하는 것보단 저렴하다고 한다. 페이팔을 통해 결제했고 수수료 약 14유로를 따로 부담했다. 먼저 유라시아나 전 세계 등을 다녀온 여행자들에 의하면 그린카드는 더 이상 필수가 아니라고 한다. 하지만 이는 어디까지나 개인의 판단 문제다. 나는 어느 정도 필요한 보험이라 판단했고 실제로 첫 유럽 국가인 에스토니아에 진입할 때 그 효력을 느꼈다. 국경의 공무원이 이륜차 등록증을 요구했고, 미리 구청에서 발급받은 영문 이륜차 등록증을 보여 줬지만 인정하지 않는 눈치였다. 그래서 그린카드를 보여 주었고, 국경을 쉽게 통과할 수 있었다. 나중에라도 모터사이클로 유럽을 여행할 생각이라면 그린카드를 준비할 것을 추천한다. 저녁엔 재즈바 DOM7에서 이리나, 인근과 맥주를 들었고, 모터사이클 정비를 마친 동년이 뒤늦게 합류했다. (2015. 8. 5)

오전에 또 수영장에 다녀왔다. 점심엔 동년이 일정상 먼저 떠나야 해서 아쉽지만 작별했다. 노보시비르스크에서부터 러시아 후반을 그와 동행한 덕분에 맛있는 것도 챙겨 먹고, 무엇보다 마음 든든히 다닐 수 있어 참 고맙다. (동년은 111일 간 3만 킬로미터의 여정을 마치고 최근 독일 함부르크에서 모터사이클을 배 편으로 보냈고, 9월 29일 비행기 편으로 도쿄로 돌아갔다. 앞으로 펼쳐질 그의 진짜 여정을 진심으로 응원한다. 일본에서 다시 만날 수 있기를!)

한편, 인근이 모든 신용카드가 들어 있는 지갑을 흘린 관계로 한국으로부터 내 계좌에 돈을 송금받아 대신 인출해 줬다. (다행히도 얼마

>>

전 재발급받은 카드를 거의 두 달 만에 우편으로 베를린에서 받았다고
한다. 그리고 이번에는 프라하에서 8백 달러를 도난당했다고 한다. 그는
정말 프로페셔널 트러블 메이커다. 부디 여행 마지막까지 무사히 다니길.)
오후엔 상트페테르부르크의 두 번째 호스트 다리아의 집으로 짐을
옮겼다. 러시아의 마지막 도시인 이곳을 떠나는 게 아쉬워 여행조차 쉬고
있다. (2015. 8. 6)

성 이삭 성당을 둘러보고, 러시아 사진 협회에서 전시를 봤다. 사실상
러시아에서의 마지막 날이라 쇼핑을 하고 싶었는데 가죽 재킷이나
구두 등 비싸거나 무거운 것은 가지고 다니기 번거로워서 대신 스포츠
매장에서 조깅용 바지와 팔뚝에 두르는 밴드를 샀다. 멋 부림은 그냥
포기했다. 저녁엔 다리아와 그녀의 친구 제니와 함께 쿠바 식당에 갔다.
본인을 포토그래퍼라고 소개한 제니는 내가 떠나기 전에 포토세션을 갖고
싶다고 했다. 그게 뭔지 잘 모르는 나는 우선 흔쾌히 응하고 다음 날 아침
집 근처 다리에서 만나기로 했다. (2015. 8. 7)

포토세션이란 단어를 나중에 찾아보니 주로 매체에 실을 목적으로
포토그래퍼가 정치인이나 유명인들을 찍는 것을 말한다고 한다. 나는
사진을 찍는 것을 좋아하지만 찍히는 것에 무척 취약하다. 게다가 유명한
것도 아니고 정치를 하지도 않지만 어쨌든 1시간이 넘도록 찍혔다. 시간이
흐를수록 우린 진지하게 작업에 임했고 나중에는 나 역시 카메라의 렌즈
대신 그 너머에 있는 그녀 눈을 보는 기분이 들었다. 그날따라 유난히 부은
내 눈두덩을 속으로 원망했다.

제니와 헤어지고 국경 지대를 지나 에스토니아 탈린에 도착했다.

탈린에서도 카우치서핑을 통해 숙소를 미리 구했다. 오후쯤 헬리네 집에 도착했고, 다른 게스트인 포르투갈 출신 티아고가 유럽 카풀 서비스인 블라블라카를 이용해 밤늦게 도착했다. 집 떠나 모터사이클로 1만 2천564킬로미터를 주행했고, 이제 유럽이다. (2015. 8. 8)

∷ 러시아 친구들에게 보내는 메시지 спасибо, Россия(Thanks, Russia)

어제 에스토니아 탈린에 도착했다. 이는 길에서 배운 러시아 말, 루블화, 심지어 러시아에서 산 유심 카드도 더 이상 쓸 수 없다는 걸 의미한다. 그리고 가솔린을 포함한 모든 것이 비싸졌다.

원래 러시아를 한 달 안에 횡단할 생각이었는데 이 나라가 매우 마음에 들어 실제로 7주나 머물렀다. (비자 없이 최대 60일간 머물 수 있다)

길에서 만난 신사적인 시베리안 라이더들, 도시에서 만난 현지 친구들이 생각난다. 모두 내 여정에 많은 관심을 가졌고 친구처럼 대하며 도와줬다. 이 고마움을 어떻게 표현해야 할지 모르겠다. 그저 당신들이 정말 그립고 언젠가 다시 만날 수 있기를 바랄 뿐이다. 여전히 미국이나 서구 언론은 러시아에 대한 부정적인 보도를 통해 이들을 공격하고 있지만 이는 어디까지나 정부 차원의 문제이지, 모든 러시아인에 대한 것은 아니다. 하바롭스크에서 야냐가 말했듯 러시아 사람들은 좋은 영혼을 가졌지만 대체로 평판이 나쁘다는 말에 동의한다.

이 글을 읽는 여러 나라의 친구들에게 덧붙이자면, 러시아를 여행할 때

미디어에 의해 생긴 그 어떤 편견이나 두려움을 거두어 주었으면 한다. 진실되게 그들을 대한다면 그들 역시 당신의 친구가 될 것이다. 두려움은 믿음으로 바뀔 수 있다. (2015. 8. 9)

I entered Tallinn, Estonia on the 8th of August. It means that I can't use the few Russians words that I learned on the road anymore, neither my rubles nor my Russian SIM card. And the price of everything is higher than in Russia, including gasoline.

By the way, I had planned to cross Russia in around 4 weeks, but stayed there almost 7 weeks (actually I can stay up to 60 days without visa) because I really loved this country (or rather continent). I met kind Siberian riders on the road, good locals in the city and they're always trying to help me, curious about my journey, regarding me as a friend.

I don't know how to express my gratitude, but want to say that I still miss you and hope to meet you again. Russia is still often attacked by the media based in Europe or America, but they mainly target the government, not the Russian people. 'Russians have a good soul, but a bad reputation' said Yana Jan-sha before, and I fully agree with her.

If you plan to visit Russia, please don't be afraid and throw away all prejudice received from the media. Just be kind yourself and they will be your friends. Fear will be turned into trust. (9th of August, 2015)

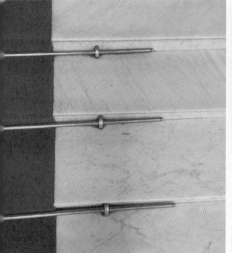

>>

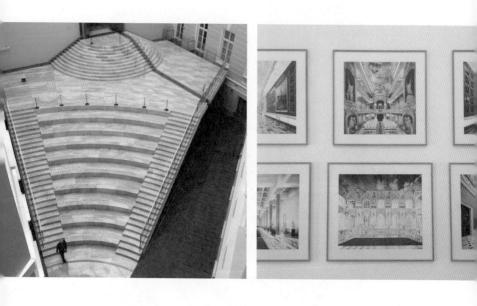

상트페테르부르크에서 머문 이리나의 집. 낮과 밤.

러시아의 마지막 도시인
이곳을 떠나는 게 아쉬워
여행조차 쉬고 있다.

>>

이리나 집에서 5분 거리에 수영장이 있었다.

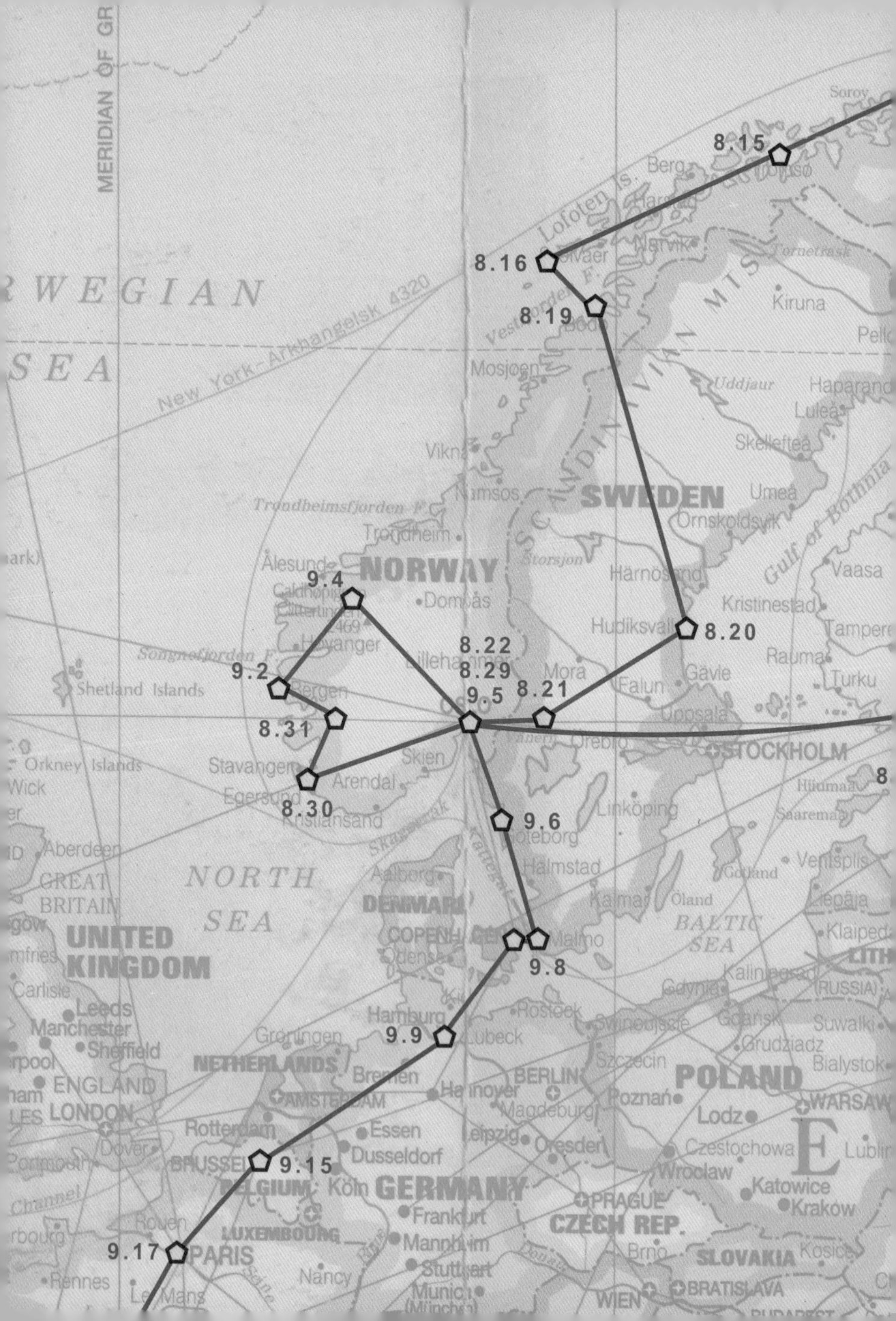
MERIDIAN OF GR
NORWEGIAN SEA
New York-Arkhangelsk 4320
Soroy
8.15
Berg
Lofoten Is.
Narvik
Tornetrask
8.16
8.19
Vestfjorden F.
Kiruna
Mosjoen
Uddjaur
Haparanda
Lulea
Skelleftea
Vikna
Namsos
SWEDEN
Umea
Ornskoldsvik
Gulf of Bothnia
Trondheimsfjorden F.
Trondheim
Storsjon
Alesund
NORWAY
Härnösand
Vaasa
9.4
Domäs
Kristinestad
Hudiksvall
8.20
Tampere
Hoyanger
8.22
Songnefjorden F.
Lillehammer
8.29
Mora
Rauma
9.2
Gävle
Turku
Shetland Islands
Bergen
9.5
8.21
Falun
8.31
Uppsala
Orebro
STOCKHOLM
Orkney Islands
Stavanger
Skien
Wick
Arendal
Egersund
8.30
Kristiansand
Linköping
9.6
Aberdeen
Goteborg
Ventspils
Halmstad
NORTH SEA
Aalborg
Gotland
GREAT BRITAIN
DENMARK
Kalmar
Öland
Liepaja
UNITED KINGDOM
COPENHAGEN
Malmo
BALTIC SEA
Klaipeda
Odense
9.8
Carlisle
Kaliningrad
(RUSSIA)
Leeds
Manchester
Hamburg
Rostock
Gdynia
Gdansk
Suwalki
Sheffield
Groningen
9.9
Lubeck
Swinoujscie
Grudziadz
NETHERLANDS
Bremen
Szczecin
Bialystok
ENGLAND
BERLIN
POLAND
LONDON
AMSTERDAM
Hannover
Poznan
WARSAW
Magdeburg
Lodz
Rotterdam
Essen
Leipzig
Dresden
Dover
Czestochowa
Dusseldorf
Lublin
Portmouth
BRUSSELS
9.15
Wroclaw
Channel
BELGIUM
Köln
GERMANY
PRAGUE
Katowice
Krakow
Frankfurt
Rouen
CZECH REP.
LUXEMBOURG
Mannheim
Brno
SLOVAKIA
Kosice
9.17
PARIS
Stuttgart
Rennes
Nancy
Munich (München)
Le Mans
WIEN
BRATISLAVA

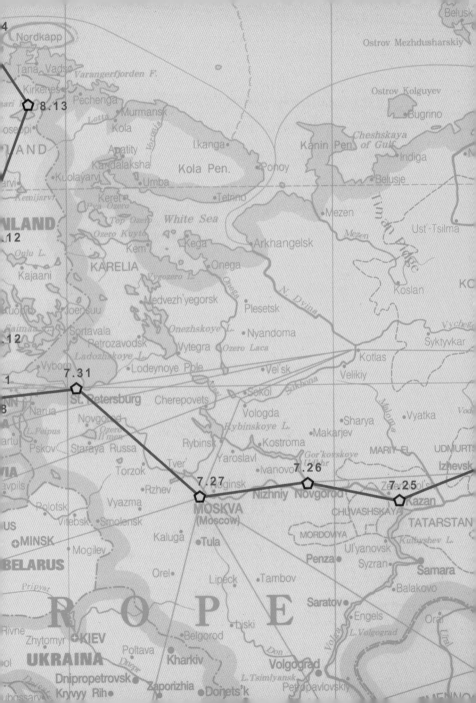

¶

오전에 헬리의 추천으로 탈린 시내에서 가장 오래되었다는
카드리오루Kadriorg 공원을 달렸다. 조깅을 마치고 헬리와 티아고를
위해 간단히 오믈렛과 샐러드로 아침을 만들었다. 오후엔 구 시가지를
둘러보다가 맘에 드는 카페가 있어 문 닫을 때까지 머물며 전부터 맴돌던
생각을 일과 삶의 균형에 관한 글로 엮었다. 생각을 제때 글로 풀지 못하면
여행하는 동안 새롭게 겪는 다른 것과 뒤죽박죽 섞일 것 같다는 강박이
생겼다. (2015. 8. 9)

아침 일찍 정비소에 들렀다. 엔지니어가 아직은 앞뒤 타이어와 브레이크
패드를 쓸 수 있다고 했다. 사용 가능한 거리를 따져 보니 어차피
스칸디나비아에서 한 번은 교체해야 한다는 결론이 나왔고 상대적으로
물가가 저렴한 이곳에서 모두 처리했다. 오후엔 다시 시내로 나왔다. 나름
유명한 관광 도시라 그런지 월요일인데도 곳곳에 사람들이 넘친다. 헬리는
스산하고 텅 빈 거리의 겨울보다는 관광객으로 붐비는 여름이 차라리
낫다고 했다. 덕분에 상점마다 꽃이 진열되어 있고 생기가 돌아서 좋단다.
정작 난 유럽에 들어온 뒤로 관광에 전혀 흥이 나지 않았다. 좋은 식당도
혼자 가면 뭐하나 싶다. 스칸디나비아 쪽의 여정을 어느 정도 정해야
한다는 생각에 마음만 급했다. 유럽 지도를 펼쳤다 접기를 반복했다. 결국
8월 마지막 주에 헬싱키로 출장 온다는 지인과 그 주 토요일에 오슬로에
온다는 오랜 친구의 일정을 고려해 그 사이 2주 동안 노르카프Nordkapp까지
다녀오기로 했다. (2015. 8. 10)

아침에 보니 모터사이클 왼쪽 박스의 뚜껑이 열려 있었다. 우습게도
비타민 한 통만 빼고 깔끔하게 도둑맞았다. 그 안에는 주로 체인에
기름칠하는 스프레이, 공구 세트 등 정비 도구들과 바이크 덮개, 방한
장갑이 있었다. 모터사이클 여행자에게서 하필 이것들을 가져가다니
뭐랄까, 상도덕은 아니고 여행의 도덕에 어긋나지 않나란 생각을 했지만
도둑이 그런 배려를 했다면 애초에 훔치지도 않았겠지. 자물쇠 잠그는
것을 깜빡 잊은 나를 탓하며 다시 짐을 꾸렸다.

탈린에서 헬싱키까지는 페리로 3시간 정도 걸렸다. 헬싱키는 페스티벌
기간에 맞춰 8월 마지막 주에 다시 올 계획이어서 시내를 벗어나 곧장
220킬로미터 떨어진 얌사Jämsä로 달렸다. 방향을 잡았으니 며칠에 걸쳐
북쪽으로 달리면 된다. (2015. 8. 11)

핀란드에 진입하자마자 느낀 것은 도로의 상태가 매우 쾌적하고 편하다는
것이다. 그걸 엉덩이로 느꼈다. 러시아와 달리 도로의 요철이 거의 없어
엉덩이가 긴장할 필요가 없었다. 도로 경계선도 선명하고 표지판도
이해하기 쉬워 눈도 편했다. 주행하는 틈틈이 고프로GoPro를 이용해 영상도
찍었지만 직접 달릴 때 느끼는 바람까지 담을 순 없었다. 주유소에서 들러
도로 번호까지 자세히 나와 있는 지도를 샀다. 숲과 호수의 나라답게
지도에 파란색이 자주 보였다. 오울루Oulu라는 도시에서 묵었고, 밤 11시가
넘어서야 석양이 호수에 스미고 있었다. (2015. 8. 12)

숙소 근처에 모터사이클 용품점이 있어 탈린에서 도둑맞은 체인
정비용 스프레이를 다시 샀다. 며칠 전부터 표지판에 순록reindeer 그림이
등장했는데 그림 속 동물을 마주쳤다. 산 중턱쯤 도로가 넓어지는

구간에 마침 볕이 환하게 들었고 순록 여러 마리가 내 앞을 유유히
지나갔다. 바이크를 세우고 그들을 바라보는 상황이 초현실적이었다.
카마넨Kaamanen의 통나무집에 도착하기 1시간 전부터 이슬비가 계속
내렸고 스산함을 느꼈다. 내일이면 노르카프에 도착한다. (2015. 8. 13)
높은 위도 때문인지 전반적으로 공기가 차갑다. 어제부터 기온이 영상
10도를 넘지 못했다. 처음부터 우의를 겹쳐 입고 달리니 바람을 막아서
그나마 견딜 만했다. 나도 모르는 사이 국경을 넘어 노르웨이에 진입했고
표지판이 노란색으로 바뀌었다. 주유소에서 간단히 커피와 머핀으로
점심을 때우며 몸을 녹이는 동안 독일 뮌헨 출신의 라이더를 만났다.
그는 3주의 휴가 동안 노르카프를 종점으로 한 바퀴 도는 경로로 여행
중이었다. 어제 노르카프에 갔다 왔는데 비도 많이 오고 바람도 세서
너무 추웠다며 여전히 젖은 장갑을 말리고 있었다. 그는 노르웨이 북서부
해안가에 있는 로포텐 제도Lofoten Islands를 추천하며, 자신이 살면서 다녀온
길 중 가장 아름다웠다고 덧붙였다. 이제 어디로 가냐고 물었더니
핀란드를 거쳐 내려갈 거라며 그쪽 길은 볼거리가 없어 따분하단다.
난 그동안 달려온 경로를 이야기하며 나처럼 울퉁불퉁한 시베리아
도로를 지나 핀란드에 진입하면 다르게 느껴질 거라며 웃었다. 따분한 건
모르겠고 마치 양탄자 위에 있는 것처럼 편안하고 쾌적했으니까. 무엇이든
상대적이다.
드디어 노르카프에 도착했다. 날은 흐렸지만 다행히 비는 오지 않았다.
서울에서부터 이곳까지 그리고 헬싱키에서부터 차근차근 올라온 경로를
머릿속으로 그리며 참 멀리 왔구나 싶었다. 이곳의 상징적인 좌표,

>>

북위 71도 10분 21초는 중요하지 않다. 지나온 길과 길 위에서 만났던 사람들이 더 중요하다. 그 느낌이 더 진짜다. (2015. 8. 14)

탈린에서 출발해 여기까지 오는 5일의 여정 동안 내 마음은 어느 때보다 평온했다. 아침에는 법정 스님의 『일기일회』를 한두 꼭지씩 읽었고 모터사이클을 타는 동안 온갖 잡념을 바람에 날렸다. 다음 숙소에 도착하면 부지런히 체인을 닦고 빨래를 하고 몸을 씻었다. 저녁을 먹는 동안 오늘 달려온 길과 내일 달릴 길을 지도로 확인하고 눈이 감기면 그대로 잠들었다. 쾌적하고 깨끗한 자연과 길 위에서 비록 고독했지만, 법정 스님의 표현을 빌자면 〈가장 맑고 투명한 의식 상태〉를 유지할 수 있었다. 이것이 내가 추구해 온 삶의 환희joie de vivre가 아니었을까.

원래 계획은 근처 호닝스버그Honningsvåg에서 하루 더 쉬다가 오슬로 방향으로 내려가는 것인데, 날이 너무 추워 1박만 하고 남서쪽으로 이동했다. 다음 숙소인 린겐Lyngen까지 가는 동안 중간에 페리를 한 번 탔다. 다시 위도가 내려갈수록 기온은 점점 올라갔고, 로포텐 제도를 향해 가는 동안 3년 전부터 상상해 온 노르웨이의 풍경이 서서히 펼쳐지고 있었다. (2015. 8. 15)

조깅하면서 마주친 탈린의 풍경.

>>

독일 도르트문트에서 온 라이더 우베와 위니는 깜찍하게도 여행할
나라들의 국기가 그려진 티셔츠를 만들어 입고 있었다.

+358400686221

Viesti

Hello, you can pick up your
room key from the number
three padlock hanging from
the mäkelininkatu 33 A door.
You only need to add the
"2800" combination into the
padlock and you can open the
lock and receive your key.
Your room number will be 504
on the fifth floor. You will be
able to leave your motorcycle
inside our underground
garage that you will enter
from the left side of the front
entrance down a ramp and
turning right through an

FREE! WIFI

NAME: CITYCENTREROOM
PASSWORD: citycentreroom

For best connection
go to the 4th floor

핀란드 오울루의 호스텔 이용법
1. 호스텔 주인에게 도착했다고 알린다.
2. 주인이 정문에 걸린 자물쇠 중 하나의
비밀번호를 알려준다.
3. 그 안에 들어 있는 열쇠로 정문을 열고
들어간다.

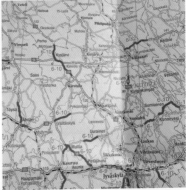

핀란드 오울루. 밤 11시가
넘어서야 석양이 호수에
스며들고 있다.

노르카프 가는 길, 아직 핀란드.

나도 모르는 사이에 국경을 넘었다. 이제부터 노르웨이다.

>>

여기는 북위 71도 10분 21초, 드디어 노르카프에 도착했다.

>>

노르웨이 호닝스버그

린겐 가는 중. 페리
너머로 보이는
산타클로스 동상.

노르웨이 린겐.

¶

로포텐 제도에 진입하니 노르웨이 국립 관광 도로를 가리키는 갈색
표지판이 나왔다. 상상한 것을 온몸으로 느끼며 달리는 기분은
언어로 표현하기 어렵다. 내가 만일 이곳까지 비행기를 타고 넘어와
모터사이클을 빌려 쉽게 달렸더라면 이런 감정을 겪지 못했을 것이다.
나는 감상적인 글쓰기를 지양하는 편이지만, 이때는 달리는 내내 눈부신
풍경 앞에서 눈물이 났다. 처음으로 살아 있음을 신에게 감사드렸다.
들뜬 기분으로 2백여 킬로미터를 달려 E10도로가 끝나는 지점에 있는
〈Å〉라는 마을에 도착했다. 〈오우〉라고 발음한다고 한다. (2015. 8. 16)
아침에 가볍게 조깅을 했다. 마을 서너 개를 지나서야 슈퍼마켓이 나왔고
간단하게 먹을거리를 샀다. 뛰어갈 땐 30분 밖에 안 걸렸는데 쉬엄쉬엄
걸으니 돌아오는데 한 시간 반이나 걸렸다. (2015. 8. 17)
오우에서 몇 명의 친구를 알게 됐다. 호스텔 리셉션에서 잠시 일하는 중인
이탈리아 출신 안드레아는 한국 번호판이 달린 내 모터사이클을 보며
자기도 언젠가 이런 여행을 하고 싶다며, 내게 조르지오 베티넬리Giorgio
Bettinelli에 관해 꼭 찾아보라고 했다. 그 역시 이탈리아 출신으로, 이탈리아
스쿠터 베스파로 세계 곳곳을 여행한 작가이자 저널리스트인데
안타깝게도 지난 2008년 세상을 떠났다고 한다. 이탈리아에서는 제법
유명한데 아직까지 그의 글이 영어권에 널리 번역되진 않은 것 같다.
언어의 차원을 떠나 누군가에게 영감을 줄 수 있는 사람의 삶을 존경한다.
난 비록 평범한 여행자지만 그처럼 일생에 걸쳐 여행을 다닌 사람의

원동력이 무엇인지 궁금하다. 그나저나 수다 떨기를 좋아하는 안드레아가
호스텔에 오는 손님이나 동네에 유일하게 하나 있는 빵집 친구에게도 내
여정을 모두 이야기하는 바람에 괜히 머쓱해졌다. 여정의 주요 목적이
빵집이 되면 안 되지만 어쨌든 주변을 맴도는 참새처럼 매일 그곳에
들렀다. 굵은 설탕을 뿌린 시나몬 롤이 특히 맛있었다.

또 한 친구는 같은 방에서 지낸 벨기에 출신의 동갑내기 에릭이다.
브뤼셀에서 연구원으로 일한다는 그는 이 마을에서 휴가를 보내는
중이다. 에릭은 틈틈이 사진기를 들고 마을을 다니며 새들을 구경하러
다녔다. 나중에 그가 찍은 사진을 페이스북에서 봤는데, 작은 화면에서
보기엔 아까울 정도로 훌륭했다. 우리는 늘 저녁을 같이 해 먹었고
서로의 요리법도 교환했다. 그가 채 썬 파프리카와 바질 페스토를 함께
볶아 리조토 같은 음식을 만들어 줬는데 나름 먹을 만해서 나중에
스웨덴에서도 시도해 봤는데 혼자 먹으니 별 맛이 없었다. 그는 브뤼셀에
오면 재워 주겠다고 했고, 나는 9월 중순 파리로 가는 길에 그를 다시 만날
수 있었다. (2015. 8. 18)

캠핑카팀을 우연히 다시 만났다. 페리로 로포텐 제도에서 보되Bodø로
넘어와 남쪽으로 향하던 길이었다. 지난 바이칼 호수 이후 오랜만이다.
덕분에 점심을 얻어먹고 다시 떠나려는데, 전날 잡은 거라며 크랩을 몇
마리 포장해 줬다. 국경을 넘어 스웨덴의 호스텔에 도착했고, 난 졸지에
게찜 하는 법부터 검색해야 했다. 한참을 크랩이랑 씨름하고 있는데
주방에 진동하는 짭조름한 냄새에 다른 스웨덴 친구 둘이 코를 막으며
들어와 무슨 요리를 하느냐고 묻는다. 그러면서도 맛이 궁금하단다.

우린 졸지에 밤늦게까지 크기에 비해 실속은 별로 없는 크랩을 붙들고
이런저런 이야기를 나눴다. 목공 기술자라는 이들은 서커스 극단처럼
스웨덴 전역을 순회하면서 출장 정비를 하는데, 한동안 가족을 보지
못해 그립다고 했다. 세상은 참 넓은데 그 안에 있는 다양한 나라, 인종과
문화는 비슷한 구석이 많다. 그리고 이번 여행은 틈새를 다니며 여러
레시피를 수집하는 묘미가 있다. 고마워요, 캠핑카팀. 이젠 그들이 그냥
밥차로 보인다, 고 말하면 형들한테 맞겠지. (2015. 8. 19)

오슬로에 가는 길에 스웨덴을 경유하는 이유는 단순하다. 식품이나
휘발유 등 모든 게 노르웨이보다 저렴하기 때문이다. 한편
스칸디나비아를 여행하면서 유독 스웨덴의 가구 브랜드 이케아IKEA를
자주 접했다. 심지어 순드스발Sundsvall의 호스텔은 주방 집기부터 침구까지
모두 이케아였다. 마치 사람 사는 느낌이 배재된 집처럼 느껴졌다.
스웨덴은 교도소에서도 이케아를 쓰는 건 아닐까? (2015. 8. 20)

킬Kil 근처의 호스텔에 도착했다. 바로 앞에 큰 호수가 있고 풍경이 매우
아름다운 곳이었지만 제대로 즐기지 못했다. 매일 이동하는 것도 지친다.
(2015. 8. 21)

다시 노르웨이로 들어가기 전에 스웨덴의 큰 마트에 들러 샴푸, 로션, 차,
백팩을 묶는 예비용 로프 등을 샀다. 휘발유도 가득 넣었다. 오슬로에
도착해서 서울에서 한 번 본 적이 있는 성민과 재회했다. 그는 나보다
일주일 후 블라디보스토크에서 출발해 혼다의 110cc짜리 스쿠터 벤리를
타고 잔 고장 한 번 없이 여기까지 온 대단한 친구다. (2015. 8. 22)

오전에 시내를 조깅하고 보빈네 부부와 점심을 먹었다. 여행 출발 전 알게

된 보빈은 노르웨이에 갈 거라는 나에게 노르웨이 대한민국 대사관 명함 한 장을 건넸다. 그걸 부적처럼 들고 여기까지 달려왔다. 굳이 비유하자면 스칸디나비아의 정신적 베이스캠프 같은 느낌이랄까. 덕분에 연어 스테이크와 불고기 절편 그리고 비빔밥까지 배불리 얻어먹었다. 보빈의 남편은 주 노르웨이 대한민국 대사관에서 근무하는 중인데 점심 초대는 물론, 주차비가 비싼 이곳에서 모터사이클 주차 공간까지 제공해 주는 등 여러 지원을 아끼지 않았다. 나중에 헬싱키에 다녀오는 동안 배낭 하나가 도착하지 않아 짐을 대신 받는 장소로 대사관에 신세를 지기도 했다.

갤러리 팩토리 대표 보라에게 헬싱키에 머물 동안 가볼 만한 장소나 이벤트 등을 물어봤는데 새벽에 답신이 왔다. 알토 대학교에서 디자인을 공부 중인 석호와 헬싱키 국제 레지던스 프로그램HIAP, Helsinki International Artist Programme을 운영 중인 큐레이터 예니를 만나 보라며 연락처를 보내 왔다.

(2015. 8. 23)

보빈네 주차장에 모터사이클을 주차시키고 조각 작품으로 유명한 비겔란 공원The Vigeland Park을 산책했다. 오후에 국립 도서관에서 시간을 보냈고, 비행기 시간에 맞춰 기차를 타고 공항으로 갔다. 오랜만의 기차가 몹시 편했다. 직접 운전할 필요도 없고 중간에 트위터도 할 수 있다. 편한 교통수단을 두고 왜 사서 고생일까. 밤 9시에 출발 예정인 비행기는 한 시간 늦게 출발했고, 헬싱키에 도착한 건 자정이 넘어서였다. 이 도시에서 일주일 가량 머물며 헬싱키 페스티벌을 보고, 출장 차 온 아람(서울세계무용축제 국제교류팀장)과 무용 공연 몇 개를 같이 보기로 했다. (2015. 8. 24)

노르웨이 로포텐 제도에 도착했다. E10도로가
끝나는 지점에 있는 마을 오우 Å

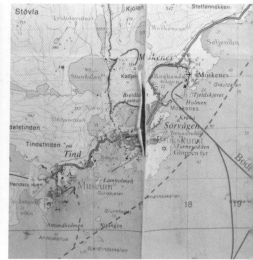

로포텐 제도에서는 굵은 설탕을 뿌린 시나몬 롤을
아침마다 사 먹는 것으로 하루를 시작했다.

>>

.다시 남쪽으로 내려간다. 보뢰로 넘어가는 페리.

>>

모든 것이 이케아 제품인 스웨덴 순드스발의 호스텔.

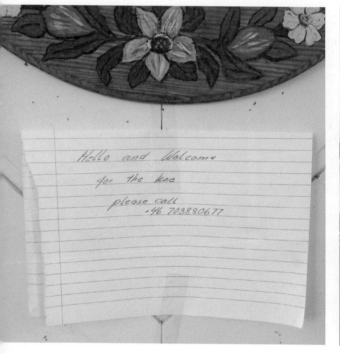

스웨덴의 킬.

노르웨이 오슬로 오페라하우스

비겔란 공원 그리고 국립 도서관.

¶

〈당신은 즐겁게 독서를 하거나 그림을 그리거나 창밖을 응시하면서 당신 자신보다는 다른 사람들의 세계를 상상해 보는 일을 점점 덜하게 되었을 것이다. 당신은 당신과 아주 가까운 주변에 있는 진짜 사람들과 대화하고 소통하는 일도 점점 덜하게 되었을 것이다. 오히려 멀리 있는 친구들이 접속하려고 버튼을 클릭해 올 때 과연 누가 정작 가족과 이야기하기를 원하겠는가?〉 더구나 멀리 있는 친구들은 무궁무진할 만큼 많은 수의 구성원들로 이루어져 있고 게다가 대단히 다양한 사람들이며 매력적이기까지 한데 말이다. 한마디 더 덧붙여 말하자면 500명 또는 그보다 더 많은 페이스북 〈친구들〉도 있는데 말이다. 결국 외로움으로부터 멀리 도망쳐나가는 바로 그 길 위에서 당신은 고독을 누릴 수 있는 기회를 놓쳐 버린다. 놓친 그 고독은 바로 사람들로 하여금 〈생각을 집중하게 해서〉 신중하게 하고 반성하게 하며 창조할 수 있게 하고 더 나아가 최종적으로는 인간끼리의 의사소통에 의미와 기반을 마련할 수 있는 숭고한 조건이기도 하다. 하지만 그럼에도 당신이 그러한 고독의 맛을 결코 음미해 본 적이 없다면 그때 당신은 무엇을 박탈당했고 무엇을 놓쳤으며 무엇을 잃었는지조차도 알 수 없을 것이다.

(지그문트 바우만, 『고독을 잃어버린 시간』, 2012)

* 한병철의 『피로사회』(2012)에서 따왔다.

오슬로 공항에서 잠시 시간이 나서 메모한다. 마침 헬싱키행 비행기
출발도 1시간이 늦어졌다. 전광판에 가득 적혀 있는 출발 시각과
행선지, 항공편을 보다가 문득 한국으로 가는 비행기가 있으면 이대로
집에 다녀오고 싶다는 생각을 했다. 겨우 여행 두 달째인데 보고 싶은
얼굴이 많다. 그리워할 사람과 그리워할 장소가 있다는 것이 얼마나
고마운 일인지. 작년 가을부터 올해 2월까지 석 달 넘게 중남미를 다녀온
아버지가 여행 중반에 메신저를 통해 가족들이 보고 싶다고 했던 게
떠오른다. 그때만 해도 좋은 풍경을 혼자 보기 미안해서 예의상 하는 말인
줄 알았는데 이젠 공감이 된다.

그동안 내가 서울에서 얼마나 풍족하게 살아왔는지 느끼고 있다.
심심함을 느낄 새가 없었다. 스스로 벌여 놓은 일과 많은 약속 속에서
혼자만의 고독을 놓치고 있었다. 시베리아에서는 광활한 자연 속에 혼자
남겨졌다는 느낌이었는데 유럽으로 넘어오면서 다른 차원의 고독을
느끼고 있다. 도시 어디를 가도 관광객을 비롯해 대체로 사람들이 많다.
단순히 물리적인 환경에 혼자 놓이는 것보다 피부색과 언어가 다른 군중
속에서 느끼는 혼자라는 기분이 훨씬 고독하다.

깊은 심심함을 느끼고 있다. 그 심심함을 언어와 음식이 달래 주고 있다.
여행 초반에는 한국어로 진행하는 팟캐스트(가령 〈두루미기행〉)를 들으며
잠들기도 했고, 러시아에서 유럽으로 진입해서 뜻하지 않게 내 입에서
러시아 말이 튀어나오기도 했다. 그곳에서 한 달 반을 머무는 동안 나도
모르게 현지 언어에 정이 들었나 보다. 언어는 그만큼 중요하다. 그리고
무언가 계속 쓰면서 이 심심함을 달래고 있다. 머릿속으로 한국어를

사용해 생각을 정리하고 글을 쓰는 행위가 은은하게 날 위로해 준다. 가장 오랫동안 사용해 온 언어이고 내 생각을 가장 잘 표현하는 수단이기 때문이다.

음식은 단순히 허기를 채우는 것 이상으로 마음을 달래 준다. 식탁에 놓인 1인분의 접시가 소박하고 누추할지라도 보고 씹고 삼키는 행위를 통해 무언의 대화를 나누는 기분이 들 때도 있다. 가끔 나처럼 혼자 끼니를 해결하는 사람을 볼 때면 무엇을 먹는지 어떻게 요리하는지 유심히 보기도 한다. 비슷한 시리얼과 비슷한 오믈렛을 반복적으로 해먹는 동안 나의 시각과 미각은 둔해질 법도 한데 오히려 예민해진다. 많이 먹는 사람들은 아마도 외로움을 더 타서 그런 것이 아닐까. 그나마 워낙 먹는 속도가 느려 조금만 먹어도 금세 포만감을 느끼는 타입이라 다행이다. 그렇다고 양이 적은 것은 아니지만.

연말쯤엔 마치자고 막연히 정한 여정을 도중에 그만두는 순간이 올 수도 있을까? 그건 도로 위에서 위협하는 자동차나 더 이상 운전할 수 없을 정도로 추운 날씨, 더 이상 주유할 수 없을 정도로 통장 잔고가 떨어진 순간 때문은 아닐 것이다. 그보다는 너무 외로워서 더 이상 혼자 다니고 싶지 않을 때일지도 모른다. 내가 고등학생일 적, 생각을 글로 표현하는 법을 가르쳐 주시던 선생님이 이런 메시지를 보내 왔다. 과연 난 현재를 즐기고 있는걸까? (2015. 8. 24)

삶에서 가장 중요한 시간이다. 그런 경험을 할 수 있는 시간이
다시는 오지 않을 수도 있으니 충분히 혼자임을 느끼고 생각하고

발견하기를. 참 부럽다. 난 절대 뒤를 돌아보지 않는, 쭈글쭈글

늙어도 이 순간이 가장 행복하고 좋다고 생각하는 사람인데

그것만은 참 부러워 젊음으로 돌아가고 싶네.

내 생에 꼭 해보고 싶은 홀로 떠남. 충분히 행복해라. 몸조심하고.

이렇게 간접적으로라도 바람을 느낄 수 있으니 참 좋다. 조심 또

조심. (원자경, 2015. 7. 26)

¶

가족끼리 유럽을 처음 여행하던 때가 2001년 여름이었고, 첫 도시가
헬싱키였다. 당시 헬싱키 대학교에서 공부 중이던 아버지의 졸업식에
참석차 어머니, 동생과 겸사겸사 핀란드를 시작으로 서유럽을 잠깐
여행했다. 닭장 같은 고등학교 교실을 벗어나 한적한 공원과 숲으로
가득한 이 도시를 여행하며 제법 충격을 받았다. 14년 만에 이곳에 다시
왔다. 그때 찍었던 사진들로나마 일부 풍경을 기억할 뿐이다. 오히려
풍경은 사진과 그대로인데 내 모습만 변한 건지도 모르겠다.

점심에 만난 석호는 머리카락부터 티셔츠, 바지, 신발, 양말까지 온통
검은색으로 통일한 복장이었다. 알토 대학교에서 디자인을 공부 중인
그는 사회 민주주의와 기능주의를 바탕으로 한 북유럽의 근대 디자인이
비트라^{vitra}에서 파는 비싼 가구처럼 이제는 부유한 사람들의 전유물이
되어 가고 있는 아이러니한 현실부터 현재 진행 중인 작업까지 흥미로운
이야기를 들려줬다. 작업은 유학 중인 상황에서 타인이 외지인인 자신을
어떻게 인식하고 있는지 몇 가지 키워드로 추려 정체성을 재구성하는
내용이라고 덧붙였다.

오후엔 두 명의 큐레이터가 그간 진행해 온 작업에 대해 이야기하는
자리에 참석했다. 런던을 기반으로 활동 중인 야스미나는 지난 2월 델피나
재단의 지원하에 작업했던 〈반복/연습^{Repeat/Rehearse}〉에 관한 이야기를
토대로 무용수들이 공간을 활용하는 방법을 대화 또는 몸짓으로 보여
줬다.

〈신체가 도큐먼트가 되고 기록 그 자체가 된다The body becomes the document and the archive〉는 말이 인상적이었다. 맥락은 다르지만 나 역시 몸으로 표현하는 행위가 솔직하다고 생각한다. 오랜만에 수영장에 가도 몸이 자연스럽게 움직이거나 모터사이클을 탈 때 손발이 클러치, 기어, 앞뒤 브레이크를 알아서 다루는 것처럼 몸에 축적되는 경험 또는 기억을 더 신뢰하는 편이다. 이러한 절차 기억procedural memory은 반복된 신호가 신경 세포가 연결되는 시냅스를 강화하면서 만들어진다고 과학 전문지 『라이브사이언스LiveScience』는 설명한다. 시냅스까지는 잘 모르겠다만 야스미나도 반복의 중요성에 대해선 동의할 것이다. 무용도 결국 몸의 기억을 토대로 하는 것이니까.

암스테르담 출신의 안젤라가 다음 대화를 이었다. 그녀는 연구 중인 식물에 대한 내용을 공유했다. 식량을 식량food 자체로 보지 않고 자원resource으로 보는 것에 대한 문제 제기로 시작한 이야기는 소수의 대기업이 농업 분야를 독식하고 있는 현실로 이어졌다. 우리가 흔히 먹는 식품에 들어가는 몇몇 향료나 잼 같은 것을 일본이나 태국 등 소수의 나라에서 만든다고 들었는데, 이후 내용에 대해선 잘 모르는 분야라 더 깊게 이해하지 못했다. 마지막에는 본인이 추가로 연구 중인 부분이라며 설문지를 돌렸는데, 마지막 문항이 현재의 시민권에 대해 만족하느냐는 것이었다. 이를 계기로 스스로에게 〈나는 시민인가〉라는 질문을 던지게 됐다.

저녁엔 출장 업무를 마친 아람을 만났다. 서울국제무용축제 때문에 알게 된 지 10년은 넘은 사이인데 정작 밥을 먹은 건 처음인 듯하다. 그것도

헬싱키에서 말이다. 물론 서울에서 만났어도 반가웠겠지? (2015. 8. 25)
전날 너무 많은 정보를 머리에 집어넣느라 지쳐서 종일 쉬었다. 아침부터
비가 내렸고 숙소 근처 마트로 잠시 외출한 게 전부다. 적어도 나흘 정도
직접 해 먹을 생각에 시리얼, 우유, 빵, 로스티드 비프, 연어, 토마토,
루콜라, 오이, 브리 치즈, 수프, 주스, 쿠키 등을 샀다. (2015. 8. 26)
아침엔 숲이나 다름없는 큰 공원에서 조깅을 했다. 느닷없이 숲
한가운데서 다른 러너가 종이쪽지를 건넸다. 뭐지? 현지 러너 클럽에
참여하라는 내용이다. 내가 만일 이 도시에 거주하는 중이었다면
가입했을 것이다.

어제 장 본 것들이 혼자 먹기엔 많은 양이라는 것을 깨달았다. 남은
음식들을 어찌 처리할지 고민한 끝에 샌드위치로 만들다 보니 로스티드
비프 샌드위치 5개, 훈제 연어 샌드위치 5개가 됐다. 그중 2개를 점심으로
해치웠다. 당분간 샌드위치는 안 먹어도 될 것 같다. 아직 8개나 남았지만.
나와 더불어 유난히 외출도 안 하고 호스텔에 오래 머무르던 다른 친구가
내게 물었다. 「너 여기 사니?」 하, 이건 내가 물어야 할 말인데. 「잠시
공연을 보러 왔어.」 「그렇구나, 난 대학원을 알아보러 와서 잠시 대기
중이야.」 하루의 대부분을 기다림으로 보내던 그가 과연 원하는 곳에
입학했을지 문득 궁금하다. 그의 건투를 빈다. 오후엔 키아스마 현대
미술관에 들러 〈티노 세갈Tino Sehgal〉 전시를 보고 아람의 초대로 대안 예술
공간 루플라Rupla에서 현대 무용 작품 「메이벨 리바이벌Mabel Revival」을 봤다.
핀란드 안무가 리사 펜티Liisa Pentti가 직접 공연까지 했는데 미안하지만 한
시간 내내 에너지가 넘쳐나 부담스러웠다. (2015. 8. 27)

>>

어느덧 헬싱키에서의 마지막 날이다. 아람과 수오멘린나Suomenlinna 섬을 찾았다. HIAP 갤러리 오거스타HIAP Gallery Augusta에서 큐레이터 예니를 만나기로 했다. 예니는 다양한 분야의 작가들과 협업할 때 결과물뿐 아니라 프로세스를 중시하는 HIAP의 운영 특성과 갓 시작한 전시에 대한 이야기를 들려줬다. 이미 그 주 일정이 꽉 찼음에도 불구하고 시간을 내어 준 그녀에게 감사한다. 저녁엔 알렉산더 극장Alexander Theatre에서 알포 알토코스키 컴퍼니Alpo Aaltokoski Company의 발레 무언극 「오콘 후오코-씨미OKON FUOKO-See me」를 봤다. 화려한 공연 의상과는 대조적으로 작품의 메시지가 너무 단조롭게 느껴져 아쉬웠다. 공연 후 아람처럼 도쿄, 요코하마, 홍콩, 타이베이의 주요 극장에서 출장 온 분들과 간단히 맥주를 마셨다. 남은 샌드위치도 나누어 결국 모두 해치웠다! 밤늦게 헬싱키 페스티벌 중 하나인 〈25×25-클로즈 엔카운터25×25-Close Encounter〉를 드문드문 봤다. 25시간 연속으로 〈90년대생〉 중국 작가들의 작업을 케이블 팩토리 곳곳에서 선보이는 행사였는데, 야심 찬 기획에 비해 그것을 수용하는 내 체력이 부족했던 건지 딱히 기억나는 작업은 없다.

(2015. 8. 28)

저렴한 표를 찾다 보니 토요일 오전 7시에 출발하는 비행기뿐이었다. 전날 밤을 새우고 새벽 4시쯤 공항행 심야 버스를 탔는데 고요할 거라는 예상과 달리 불금을 마치고 귀가하는 헬싱키 힙스터들로 시끌벅적해 한숨도 잘 수 없었다. 공항 역시 곳곳에서 자거나 이동하는 사람들로 북적대긴 마찬가지였다. 이래저래 쪽잠을 놓쳐 비행기에서 편하게 눈이나 붙이자는 생각에 여권, 비행기표, 휴대폰과 카드 지갑만 남기고 모두

60리터 배낭에 넣어 부쳤다. 다시 한번 예상이 어긋났다. 살면서 가장 가벼운 차림으로 비행기에 탔는데 그대로 몸만 도착할 줄이야. 배낭은 오지 않았다. 오전 7시 45분에 오슬로 공항에 도착해 수하물 분실 신고를 하고 하릴없이 11시간을 머물렀다. 마침 아이슬란드에 다녀온 보빈네 부부가 오후 4시에 도착해서 잠깐 마중 나갈 수 있었고, 여름 휴가를 보내기 위해 인천에서 날아온 오랜 친구 문형이 오후 6시에 도착할 때까지 기다렸다. 사실 수중에 현금이 50센트뿐이라 기다릴 수밖에 없었다. 그래도 오랜 친구를 만난다는 생각에 마음만은 느긋했다. (2015. 8. 29)

당신이 그러한 고독의 맛을 결코 음미해 본 적이 없다면

그때 당신은 무엇을 박탈당했고 무엇을 놓쳤으며

무엇을 잃었는지조차도 알 수 없을 것이다.

헬싱키 중앙역과 헬싱키 대성당.

New height. New colours. New level of comfort

>>

REPUTATION

티노 세갈의 작품 「키스KISS」

핀란드 안무가 리사 펜티의
「메이벨 리바이벌Mabel Revival」

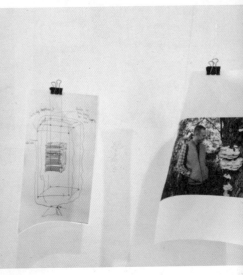

수오멘린나 섬에 있는 갤러리 오거스타.

>>

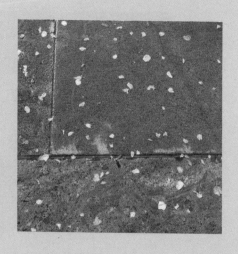

¶

헬싱키에 머무는 동안 한 설문 조사에 응한 적이 있다. 그중 시민권*에 대한
질문이 인상적이었다.

Q 1 현재 시민권에 얼마나 만족하는가?

Q 2 만일 시민권을 바꿀 수 있다면 그럴 의향이 있는가?

두 질문에 대한 나의 대답은 〈대체로 만족〉과 〈아니오〉였다. 불과 한두
해 전에 이러한 질문을 받았다면 제법 고민했을 것이다. 손쉽게 기차나
버스로 국경을 넘나들며 여행을 하거나 공부할 수 있는 유럽의 환경을
동경해 왔고 선진화된 유럽권에서 태어났다면 인생이 더 즐거웠을 거란
상상도 많이 했기 때문이다. 하지만 여행 중에 다양한 친구를 만나고
그들이 사는 모습을 보며 결국 가장 중요한 것은 자기 마음의 중심을
갖는 것이라는 결론에 이르렀다. 어느 나라, 어느 도시에서 무얼 하든
자기중심이 없다면 결국 유럽에서 태어나도 남과의 비교에 휘둘릴 수밖에
없다. 이는 법정 스님의 글에도 잘 나와 있다.

> 한 스님이 백장 선사에게 묻습니다. 「어떤 것이 기특한 일입니까?」
> 「독좌대웅봉獨坐大雄峰, 홀로 우뚝 대웅봉에 앉는다.」 백장 선사가
> 머물던 산 이름을 백장산 또는 대웅산이라고 불렀습니다. 그래서
> 〈홀로 대웅봉에 앉는다〉고 한 것입니다. 단순하면서도 분명합니다.

* 　시민권市民權: 1. 일반 국민이나 주민이 누리고 가지는 권리 2. 시민으로서의 행동, 사상, 재산,
신앙의 자유가 보장되고 정치에 참여할 수 있는 권리. (표준국어대사전)

선방에서 정진을 하든, 절의 후원에서 일을 거들든, 사무실에서
사무를 보든, 달리는 차 안이나 지하철에 있든 언제 어디서나 홀로
우뚝 자신의 존재 속에 앉을 수 있다면 그 삶은 잘못되지 않습니다.
(법정, 『일기일회』, 2009)

한편 내가 자기중심을 갖고자 노력하는 것과는 별개로 시민권을 누릴
만큼 시민 의식을 갖춘 한국의 시민이냐 묻는다면 부끄럽게도 그렇지
못하다. 심지어 시민과 시민권이란 개념에 대해 잘 모르기도 했다.
그렇다면 시민이란 무엇인가?
여행 직전 비영리 사회단체 〈나눔문화〉의 포럼에 참석한 적이 있는데 그때
강연 주제가 〈나는 국민인가, 시민인가?〉였다. 사회학자 송호근 교수에
의하면 우선 국민과 시민의 차이는 이렇다.

〈국민〉은 개별 성원들이 국가와 맺는 관계가 중심이고, 〈시민〉은
개별 성원들과의 관계가 중심입니다. 〈시민〉은 다 사적인
개인입니다. 그런데 사적인 개인이 다른 사람과 관계를 맺는 순간
〈시민〉이 되고, 공공성을 만들어 냅니다. 다른 사람과 얘기할 때
합의하거나 이견이 일어나며 생기는 것이 공공성입니다. 그런데
우리에게 〈시민성〉이 없었기에, 국가와 개인의 관계만 있고 개인과
개인의 관계망에서 뭔가 일어나지 않았던 것입니다. (송호근, 「나는
국민인가, 시민인가?」, 나눔문화 포럼, 2015)

흔히 말하는 서울 시민, 부산 시민과 다른 개념이다. 시민이란 주체적 개인으로 자신과 가족의 권리인 사익, 관계 맺음으로 생기는 공공성, 그리고 사회와 국가에 대한 책임 및 권리인 공익의 세 단계를 거쳐 발전한다. 그런데 한국 사회는 시민성이 결여된 채로 한 세기 가량 흘렀고, 결정적으로 2014년 세월호 참사 때 그 문제가 뼈아프게 드러났다고 한다.

> 사익을 추구하는 존재들이 〈내 이익만 추구하면 버틸 수 없구나〉를 깨닫는 순간 양보하기 시작하고 상대방 말을 듣기 시작하면서 공공성이 생기기 시작합니다. 서구에서 18세기 말부터 19세기 내내 시민 사회 투쟁이 일어나고, 양보하고 타협하고 공익을 키우는 것을 깨닫는 데 150년이 걸렸어요. 우리는 민주화 이후 30년이 지났습니다. 경험이 별로 없지요. 막 태동하고 있는 겁니다. 경제는 시간 단축이 가능합니다. 그러나 사회는 뛰어넘기가 불가능합니다. 〈나눔문화〉처럼 무엇을 해야 하는지 지속적으로 성찰하고 실행하는 조직들이 많이 생겨나야 해요. 〈시민 의식〉은 이미 발현되고 있어요. 세월호 참사 때 현장에 내려가서 무엇이라도 함께 했던 분들이 있잖아요. 내려갔다 온 사람들은 이 아픔을 산화시키지 않고 성찰의 진주 같은 고리를 마음에 만들어 가지고 왔을 겁니다. (송호근, 「나는 국민인가, 시민인가?」, 나눔문화 포럼, 2015)

그동안 내 시민성은 사익 차원에 머물러 있었다. 일상이 너무 문화에 치우쳐 있다는 느낌에 사회참여를 해야겠다고 생각하기도 했다. 개인의 만족 차원에서 문화를 향유해 온 것에 대해서는 3년 전 친구와 가졌던 인터뷰에서 엿볼 수 있다.

김기태 (이하 김): 네 글 중에 〈0.001% 천분의 일〉 있잖아. 전반부는 문화와 관련된 내용이고 후반부에는 강남의 한 고층 빌딩에서 찍은 사진과 창신동의 허름한 집의 사진을 같이 올리면서 〈저렇게 다른 환경에서 자란 아이들이 서로 만날 수 있을까?〉라며 부정적인 시각을 밝힌 글이 있더라고.

나: 나는 우선 사회적 인식이 약해. 전에 언론사 기자를 만난 적이 있는데 그분도 사회에 대한 이야기를 많이 했어. 그때 자극을 많이 받았지. 한편 그분이 나보다 큰 단위를 말하고 있지만 결국 본인 몸 하나 제대로 못 챙기는 거야. 바빠서였겠지만 매일 라면으로 끼니를 때우고 가족에게 소홀하게 대하는 것을 보면서 사회를 이루는 최소 단위인 가족부터 챙겨야겠다고 느꼈어. 가정이 화목하면 사회적으로도 영향력을 발휘할 거고, 결국은 다 연결되는 것이 아닌가 싶거든. 나는 굳이 사회를 언급하지 않지만, 〈나부터 잘하자〉는 생각이 있어. 큰 단위만 말하면서 실제 생활과 일치하지 않으면 그다지 신뢰하지 않는 편이야. 네 생각은 어때?

김: 〈나부터 잘하자〉는 상관이 없는데, 〈나만 잘하면 돼〉는 문제가 있는 것 같아. 개인의 만족만을 보고 타인과의 소통 가능성을 배제한 문화의 향유는 알맹이가 없는 허세라고 생각했거든. 하지만 이 짧은 인터뷰에서 〈너는 허세야〉, 〈너는 참살이야〉라고 말하는 것도

우스운 것 같고. 다시 한 번 생각해 보는 것만으로도 좋은 것 같아.
(매거진 『소년의 시간은 똑바로 간다』, 2012)

기태의 지적처럼 이제는 문화의 향유도 사익을 넘어 공공성과 공익
차원에서도 가치 있기를 바란다.

공공성과 공익이라는 추상적인 개념이 잘 드러난 해외 사례로 핀란드
페스티벌 발틱 서클Baltic Circle의 프로그램 중 하나인 〈메이크 아츠
폴리시Make Arts Policy〉가 있다. 이들은 2014년 11월부터 선거를 앞둔 2015년
봄까지 시민들과 함께 예술을 위한 정책을 만들고자 다양한 프로그램을
진행하고, 크라우드 펀딩을 통해 이를 핸드북으로 만들어 배포했다. 국내
사례로는 갤러리 팩토리 주최로 2012년부터 2013년까지 진행됐던 공공
미술 프로젝트 〈함양 라운드 프로젝트〉가 있다. 그중 장민승+정재일
작가가 경남 함양의 유소년, 청년 그리고 성인 오케스트라와의 협업을
통해 상림이란 숲을 주제로 음악을 작곡하고 영상으로 기록한 작업이
있다. 그 작업이 좋아서 상림을 홀로 방문한 적도 있다. 숲을 거닐며
하루를 묵는 동안 나 역시 언젠가 공공 차원에서 좋은 작업을 해야겠다고
생각했다. 그리고 보라의 글로 짐작하건대 이 프로젝트는 여전히 진행
중으로 보인다.

며칠 전 〈2013년 라운드 프로젝트〉를 마감하며 새로운 〈그다음〉을
꿈꾸며 쓴 글을 다시 꺼내어 읽어 봤다. 지극히 다사다난했던
2014년을 보내며 그때 반짝이던 열정과 작업 결과에 대한 자부심은

어느 정도 색이 여릿해졌지만 여전히 함양의 라운드 프로젝트는 마음의 숙제로, 또 아직 꺼지지 않은 불씨로 남아 있다. 공공의 공간이라는 추상적인 개념이 다양한 사람과 여러 소리와 색으로 채워지고 살아 있는 유기체처럼 끊임없이 변하고 성장하듯이 〈함양 라운드 프로젝트〉의 결과물들이 새로운 만남과 이용과 재해석을 통해 유기적으로 변해 가며 비로소 온전한 〈선물〉이 되길 바라고 또 바라 본다. (홍보라, 2014. 12. 15)

결국 시민이 되기 위해 어디서부터 시작해야 할까? 송호근 교수는 최소 요건으로 다섯 가지를 제시하며 강연을 마무리 지었다.
1. 하루 10분 공적 문제에 관심을 갖는가? 2. 그 쟁점 해결을 위해 관련 서적을 읽는가? 3. 시민 단체(주민 단체)에 참여하는가? 4. 일 년에 5일 정도 공공 활동을 하는가? 5. 한 달에 적어도 5만 원 정도의 기부금을 내는가?
나는 겨우 절반만 충족하고 있다. 서울 시민이 아닌 진짜 시민이 되기 위해 긴 호흡으로 실천해야겠다. 내가 아는 시민이자 안무가인 정영두의 말처럼 실천적 삶으로 연결되지 않으면 결코 설득할 수 없는 세상이기 때문이다. (2015. 8. 25)

우리 사회는 정치, 경제, 사회 모든 면에서 긴장의 정점에 있는 사회다. 누군가 빨리 어디로 가자고 알려 줬으면 좋겠고, 빨리 합의를 이루어야 하고, 빨리 설득해야 하고 빨리 이해해야 한다.

그러다 보니 스스로를 조용히 들여다보거나 어떠한 현상을 깊이 있게 통찰할 만한 여유가 없다. 누군가를 설득하는 데 말로 하는 것은 몇 시간이면 되지만 행동으로는 며칠, 몇 개월, 몇 년의 시간이 걸린다. 그러므로 호흡이 길지 않으면 안 된다. 실천적 삶으로 연결되지 않으면 결코 설득할 수 없는 것이다. (안무가 정영두, 「제7의 인간」 인터뷰, 2010)

〈나부터 잘하자〉는 상관이 없는데,

〈나만 잘하면 돼〉는 문제가 있는

것 같아. 개인의 만족만을 보고

타인과의 소통 가능성을 배제한

문화의 향유는 알맹이가 없는

허세라고 생각했거든.

¶

지난 3월, 서울의 플라토 갤러리에서 엽서 한 장이 도착했다. 정연두
작가의 2014년 전시로 기억하는데, 본인에게 쓴 엽서를 약속대로 1년
후에 보내 준 것이다. 나를 비롯해 자신에게 엽서를 썼던 관람객 모두
까맣게 잊었을 텐데 아무쪼록 잊지 않고 보내 주어서 고맙다.

이른 아침, 우편함에 꽂힌 그 엽서를 조심히 가방에 넣고 출근길 통근
버스에 올랐다. 두 달 뒤 조용히 회사를 나왔고 삼 주 정도 준비를 해
여행을 떠났다. 엽서에 쓴 것과 달리 비행기 대신 모터사이클을 타고
직접 노르웨이까지 가는 길을 택했다. 노르카프와 로포텐 제도 등 북부
지역만 모터사이클로 돌고 나머지 지역은 친구 문형과 렌터카로 다녔다.
이 여행을 상상하게 한 직접적인 계기인 노르웨이를 오로지 모터사이클로
돌지 못한 것은 조금 아쉽다. 한편 쾌적하게 바람을 맞으며 친구와 여행할
수 있었다는 점에서 이보다 더 좋을 순 없었다. (2015. 8. 30~2015. 9. 6)

운전은 주로 문형이 했다. 전에 기차에서도 느낀 거지만 차로 다니는
여행의 편리함을 다시 느꼈다. 반바지에 조리 차림으로 조수석에
앉아 고요한 차 안에서 음악과 함께 풍경을 즐기며 잡담을 나누거나
촬영을 하고 출출하면 군것질도 했으니 말이다. 아침에 오슬로 시내를
둘러보다가 스타방에르Stavanger로 이동했다. (2015. 8. 31)

호라Håra까지 가는 길에 페리를 세 번 이용했다. 굳이 이름 붙여진 전망대나
관광지가 아니더라도 풍경이 좋은 곳에서 차를 잠깐 세워 사진을 찍고
함께 감탄했다. 이미 세부적인 일정을 문형이 짜 놓은 상태라 맘 편히

풍경을 즐겼고, 대신 내가 식단을 책임지는 쪽으로 역할을 나눴다. 공항에서 지연된 내 배낭에 대한 도착 소식이 들리지 않아 저녁 장을 보면서 양말과 속옷을 더 샀다. 다음 날에는 트롤퉁가Trolltunga로 최소 8시간을 등산해야 한다. (2015. 8. 31)

오전에 꾸물대느라 원래 계획보다 두 시간 늦게 출발했다. 오후 12시 55분쯤 다다른 지점에서 〈현재 시각이 오후 1시가 넘었고, 주위가 어둡기 시작하면 돌아가라〉는 표지판을 보고선 다시 돌아가야 할지 심히 고민했다. 바람이 세고 비가 계속 와서 추웠다. 초행길이라서 앞길을 예측할 수 없는 상황인데다 문형은 이미 체력을 다 쓴 듯 맥을 못 추고 있었다. 7년 전 북한산을 함께 등산할 때도 다리가 후들거렸던 녀석이다. 마침 그 앞에서 글렌과 안드레아를 만났다. 글렌이 전에 와본 적이 있다며 본인 페이스에 맞춰 따라오면 무사히 마칠 수 있을 거라며 용기를 심어 줬다. 그렇게 우리는 동행을 시작했고 쉴 때마다 서로 물과 간식을 나눴다. 글렌의 듬직한 뒷모습을 따라가는 동안 우리의 트레킹은 어느새 행군이 되었다. 매 구간마다 랩 타임을 재며 등산한 건 이때가 처음이자 마지막일 것이다.

산행을 함께 하며 서로의 직업에 관한 이야기를 나눴다. 글렌은 노르웨이 투자 회사의 기술 자문 위원으로 일하는 중에 미국에서 외과의로 근무 중인 안드레아의 휴가에 맞춰 함께 여행 중이라 했다. 문형 역시 S전자의 무선 사업부에서 휴가차 놀러 온 거고, 나는 전직 화공 플랜트 엔지니어라고 했다. 안드레아는 우리 모두 테크니컬 피플이라며 반가워했다. 미안하게도 난 이제 국제 백수지만. 글렌이 갤럭시 제품을

쓰고 있기에 혹시라도 문제가 생기면 바로 문형에게 따지라고 귀띔해
줬다.

트롤퉁가는 북유럽의 신화나 민화에 나오는 괴물인 트롤의 혀를 뜻한다.
〈T〉라고 표시된 코스를 따라 11킬로미터를 가면 혀처럼 뾰족하게
튀어나온 바위가 나온다. 피오르 전망이 한눈에 보이는 아찔한 절벽이라
위험한 곳으로 악명이 높고 그 유명세를 좇아 그곳에서 사진을 찍으려는
사람들이 점점 늘고 있다. 실제로 며칠 뒤 호주 출신의 관광객 한 명이
사고로 추락하여 목숨을 잃었다. 주 노르웨이 대한민국 대사관 영사의
말에 의하면 이곳이 위험하다는 말은 늘 많았는데 사람이 죽은 것은
처음이었다. 자연 훼손을 줄이고자 안전장치 역시 최소로 하는 노르웨이
정부의 입장도 이해는 가지만 이렇게 사고 소식을 접하니, 그리고 직접
방문한 경험을 돌이켜 보니 〈모든 활동에 따르는 위험은 본인 책임at your own
risk〉라는 태도로 관광객에게 책임을 떠넘기는 것은 옳지 못하다. 절벽 끝에
서 있을 때의 기분이 아직도 선명하다. 삶과 죽음의 무게가 딱 절반으로
나뉜 느낌이었다. 여행 관련 커뮤니티인 〈트립어드바이저〉에서도
트롤퉁가 트레킹에 대해 제대로 된 복장과 상식 없이 왔다가 위험에
처했던 관광객이 많다며 더 큰 사고가 나기 전에 폐쇄해야 한다는
의견들이 있다.

이곳의 트레킹은 보통 8시간에서 10시간이 걸린다고 하는데, 글렌의 지휘
덕분에 우리는 8시간 17분으로 비교적 빠르게 그리고 무사히 마쳤다.
저녁에 다시 숙소로 돌아와 샴페인을 따며 귀환을 자축했다. 문형은 하산
중에 발톱 하나가 빠져 이후 며칠간 고생을 했다. (2015. 9. 1)

베르겐으로 이동해 숙소에 짐을 풀고 세탁기를 돌렸다. 연중 2백 일 이상 비가 온다는 도시인데, 운 좋게 비가 막 그치고 볕이 좋아서 얼른 젖은 등산화를 말렸다. 해 질 무렵 시내를 걸었고 작은 가게에서 저녁을 먹었다. 대표적인 메뉴를 추천받아서 주문했더니 으깬 감자를 섞어 만든 어묵fishcake이 나왔다. 비싼 어묵을 먹었다. (2015. 9. 2)

여전히 어묵처럼 뭉쳐 있는 허벅지와 종아리 근육을 탓하며 베르겐에서 하루 더 머물며 쉬기로 했다. 좋은 풍경을 보며 계속 운전하는 것도 좋지만, 쉬면서 여유를 부려야만 볼 수 있는 도시의 속살도 있다. 카페에서 쉬는 동안 내 배낭이 뒤늦게 오슬로 공항에 도착했다는 메일을 받았다. 그나마 모터사이클 케이스에 남겨 뒀던 옷가지와 현금 카드로 큰 불편은 없었지만 그래도 짐을 찾아 다행이다. 다양한 방법으로 내 짐들이 사라지고 있는 이 여행의 끝이 어디일지 문득 궁금했다. 물론 모든 것이 사라지면 곤란하겠지. 모처럼 기분이 좋아져 쇼핑도 했다. 부피가 큰 것은 들고 다닐 수가 없으므로 현지 브랜드의 안경테 하나와 카페에서 직접 로스팅한 원두를 선물용으로 샀다. 문형이 맛있는 저녁을 사주겠다고 해서 스칸디나비아에서는 처음으로 격식 있는 레스토랑에서 외식을 했다. (2015. 9. 3)

베르겐을 떠나 흐린 날씨 속에 송네피엘레트Sognefjellet 방향으로 이동했다. 플롬Flåm에서 도중에 페리를 타야 했는데 요금이 제법 비쌌다. 보통 10분 정도 걸리는 페리 운임이 차량과 탑승객 2명을 합해 1백 크로네(NOK)정도인데, 이 페리는 열 배 가까이하는 990크로네, 한화로 14만 원이 넘었다. 알고 보니 단순한 카 페리car ferry가 아닌 관광용

크루즈였다. 덕분에 2시간 넘게 피오르를 여유롭게 둘러볼 수 있었다.

송네피오르를 따라가는 도중 산 중턱을 지나는 구간이 있었는데, 차량 계기판 온도가 섭씨 4도 아래로 떨어지면서 눈꽃 표시가 깜빡였다. 겨우 9월 초순인데 최저 기온이 3.5도라니, 내가 이곳을 모터사이클로 달렸으면 도중에 울었겠구나 싶다. (2015. 9. 4)

노르웨이 여행의 마지막 여정으로 게이랑에르Geiranger-트롤스티겐Trollstigen 코스를 지났다. 트롤스티겐 전망대에 도착했다. 이곳의 구불구불한 도로가 담긴 사진이 내가 이 여행을 상상하게 된 결정적인 동기다. 막상 안개가 짙어서 사방으로 아무것도 보이지 않았다. 흩뿌리는 이슬비가 더욱 공기를 차갑게 했다. 그동안 좋은 경치를 많이 봤으니 이 정도로 충분하다고 생각하며 발걸음을 돌렸다. 근처 카페에서 핫초코를 마시며 몸을 녹이고 있는데 안개가 서서히 걷혔다. 30분 정도가 지나자 순식간에 시야가 개였고, 우리를 비롯한 다른 사람들 모두 카메라를 챙겨 다시 밖으로 나섰다. 전망대로 다시 가는 동안 심장이 빨리 뛰었다. 아드레날린인지 도파민인지, 뭔가 강렬히 분비되는 것이 느껴졌다. 신에 대한 감사로 성호도 그었다. 당시 정황이 자세히 기억나지는 않는다. 다만 무척 들떠 있었다. 그 들뜸을 문형이 볼까 창피해 저 멀리 앞서가며 호흡을 고르던 기억만 난다. 그리고 꿈에 그리던 풍경을 마주했다. 사위가 고요한 가운데 간간히 사람들의 감탄 소리, 카메라의 셔터 소리만 들릴 뿐이다. 5분 정도 지났을까? 거짓말 같이 다시 안개가 주변을 에워쌌다. 운이 정말 좋았다.

저녁에 고속도로를 경유해 6시간 동안 450킬로미터를 달려 밤 11시에

다시 오슬로에 돌아왔다. 다음 날 점심 비행기로 문형이 귀국해야 한다. (2015. 9. 5)

문형은 공항으로 떠나고 난 보빈네 부부를 만나 먼 길을 돌아온 배낭을 받았다. 지연된 짐을 대신 받아 주고 보관까지 해줘서 고마울 따름이다. 보빈이 만들어 준 샌드위치도 맛있었다. 거의 보름 만에 다시 모터사이클에 앉으니 기분이 묘했다. 기온은 그새 5도가량 내려갔고 바이크의 진동과 소음이 유독 요란하게 느껴졌다.

스웨덴 예테보리Göteborg의 호스텔에 도착해 짐을 풀었고, 전날 남은 음식을 데워 먹었다. 그 음식이 원래 별로였던 건지 식욕이 사라진 건지, 아니면 둘 다인지 정말 맛이 없었다.

여행 79일째다. 내가 상상한 바를 이뤘다고 감히 생각했다. 표면적인 성취감 뒤엔 다시 혼자로 돌아온 현실과 다음 여정에 대한 막막함이 뒤따랐다. 겨우 절반 지났을 뿐인데 무언가 이루었다는 생각이 오만하고 섣부른 판단이라는 것을 깨닫는 데는 시간이 좀 걸렸다. (2015. 9. 6)

>>

노르웨이 베르겐.

>>

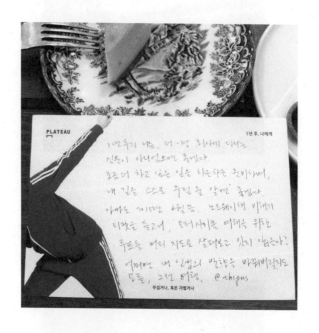

2014년에 나에게 보낸 엽서. 그리고 1년 후,
정말 피오르 사이로 불어오는 바람을 느꼈다.

>>

>>

트롤스티겐.

송네피엘레트

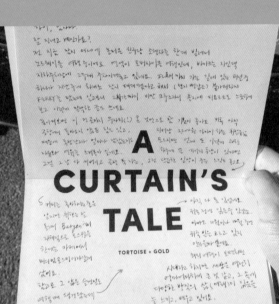

A
CURTAIN'S
TALE

TORTOISE + GOLD

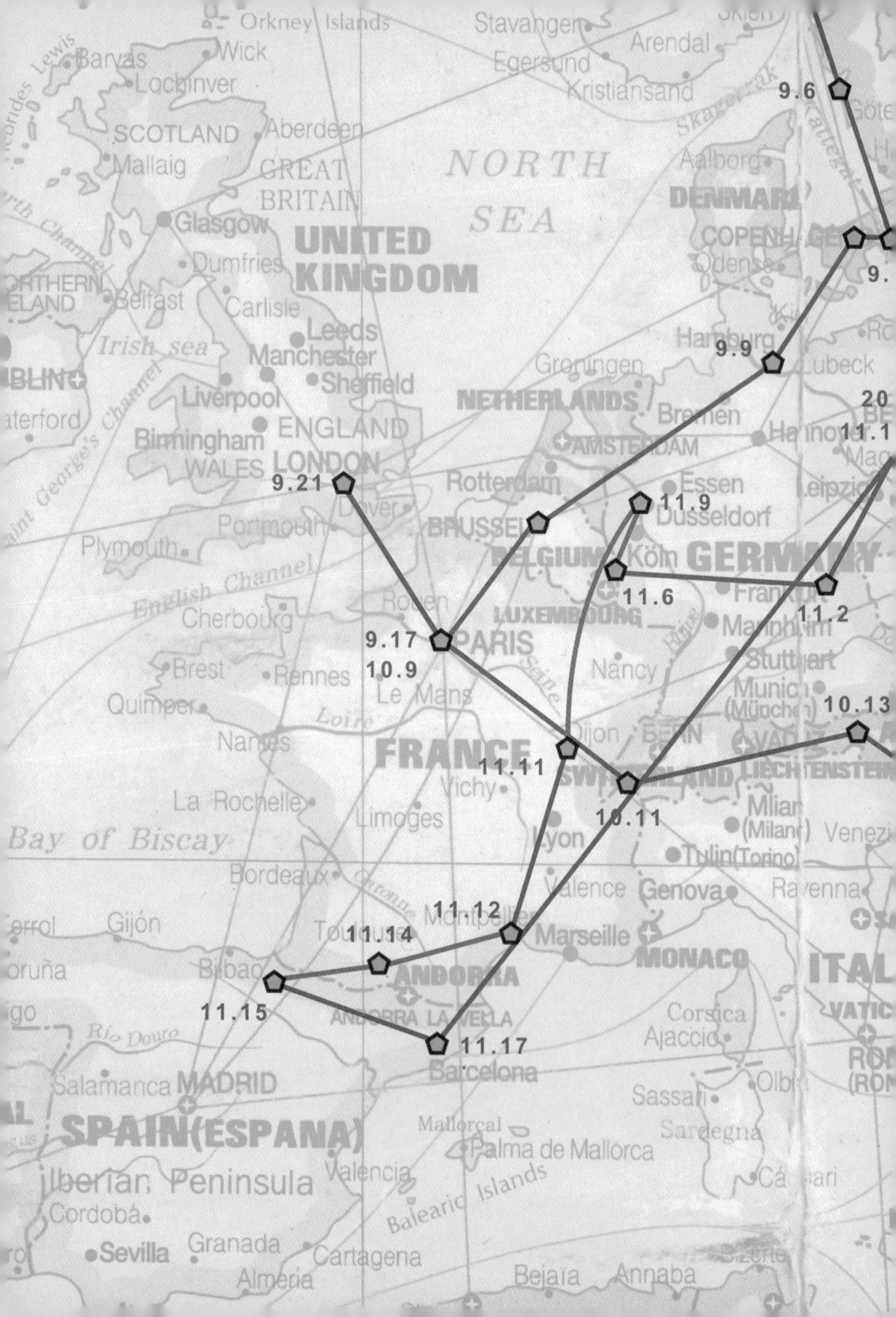

Orkney Islands
Stavangen
Arendal
Wick
Barvas
Lochinver
Egersund
Kristiansand
Skagerrak
9.6
SCOTLAND
Aberdeen
Mallaig
GREAT
BRITAIN
NORTH
SEA
Aalborg
DENMARK
Glasgow
UNITED
KINGDOM
COPENHAGEN
Odense
Dumfries
Belfast
Carlisle
Irish sea
Leeds
Manchester
Sheffield
Hamburg
9.9
Groningen
Lubeck
Liverpool
NETHERLANDS
Bremen
ENGLAND
Birmingham
WALES
LONDON
AMSTERDAM
Hannover
11.1
9.21
Rotterdam
Essen
Leipzig
Dover
11.9
Dusseldorf
Portmouth
BRUSSEL
Plymouth
BELGIUM
Köln
GERMANY
English Channel
11.6
Frankfurt
11.2
Rouen
Cherbourg
LUXEMBOURG
Mannheim
9.17
PARIS
Stuttgart
10.9
Brest
Rennes
Nancy
Le Mans
Munich
(München)
10.13
Quimper
Loire
Seine
Dijon
BERN
Nantes
FRANCE
11.11
SWITZERLAND
LIECHTENSTEIN
Vichy
La Rochelle
10.11
Milan
(Milano)
Limoges
Bay of Biscay
Lyon
Venezia
Tulin(Torino)
Bordeaux
Valence
Genova
Ravenna
11.12
Montpellier
Gijón
Toulouse
11.14
Marseille
MONACO
ITALY
Bilbao
ANDORRA
11.15
ANDORRA LA VELLA
Corsica
Río Douro
11.17
Ajaccio
Barcelona
Salamanca
MADRID
Olbia
Sassari
SPAIN(ESPANA)
Mallorca
Sardegna
Palma de Mallorca
Iberian Peninsula
Valencia
Balearic Islands
Cagliari
Cordobá
Sevilla
Granada
Cartagena
Almería
Bejaïa
Annaba

ESTONIA
Narua
Novgorod
Hiiumaa
Saaremaa
L. Peipus
Ozero Il'men
Parnu
Tartu
Pskov
Staraya Russa
Ventspils
Gotland
LATVIA
RIGA
Liepaja
Daugavpils
Torzok
Öland
Rzhev
BALTIC SEA
Klaipeda
Polotsk
Vyazma
LITHUANIA
Kaliningrad (RUSSIA)
Vitebsk
Smolensk
Gdynia
Alytus
VILNIUS
Gdańsk
MINSK
Suwalki
Mogilev
Grudziadz
Neman
BELARUS
Bialystok
20~24
POLAND
10.29
WARSAW
Brest
Pripyat
Orel
10.31
Lodz
Czestochowa
Lublin
Wroclaw
Rivne
Katowice
10.23
Zhytomyr
KIEV
Kraków
Lviv
Poltava
10.21
UKRAINA
Ternopol
Dnepr
SLOVAKIA
Kosice
Dnipropetrovsk
Chernovtsy
Dniester
BRATISLAVA
Dubossary
Kryvyy Rih
10.18
BUDAPEST
Satu Mare
CHIŞINĂU
Mykolayiv
HUNGARY
Oradea
MOLDOVA
Szeged
Odessa
ZAGREB
ROMANIA
Arad
Galati
Reni
Tulcea
CROATIA
BOSNIA AND HERZEGOVINA
BEOGRAD
BUCURESTI
Savastopol
SERBIA
Danube
Constanta
SARAJEVO
Ruse
BLACK S
MONTENEGRO
KOSOVO
BULGARIA
Varna
PODGORICA
SOFIA
Burgas
Sinop
PRISTINA
SKORJE
Edirne
Zonguldak
TIRANA (TIRANE)
MACEDONIA
Serrai
İstanbul
Uskudar
Bari
ALBANIA
Kastira
Taranto
Larisa
Canakkale
ANKARA
Aegean Sea
Troy
Eskisehir
GREECE
Lamia
Lesvos
Khios
İzmir
Tuz L.
Crotone
Messina
Ionian Sea
ATHENS
Konya
Anatolia
Antalya
Kalamai
Mugla
Alanya
Adana

¶

정해진 게 아무것도 없으니 무작정 떠날 수도 없었다. 예테보리에서
하루를 더 쉬는 동안 카페에서 밀린 영수증을 정리하고 지난 여정을
복기했다. 직원이 마감 시간이라고 알려 온 때에서야 주변이 어두워진
것을 보고 숙소로 돌아왔다.

숙소에서 저녁을 먹는 동안 두 여행자를 새로 알게 됐다. 한 명은 나와
같은 방을 쓰는 프랑스 출신 소헤일. 그는 친구 미아의 죽음을 추모하기
위해 그녀가 살았던 이곳까지 뮌헨에서부터 자전거를 타고 왔다고 했다.
베르겐의 레스토랑에서 일할 때 가장 친하게 지낸 동료였단다. 안타깝게
자살로 생을 마친 그녀를 위해 가족과 가까웠던 사람들을 만나 이야기를
들어 주고, 그녀 모습을 담은 그림을 전해 주는 것으로 이 짧은 여행을
마무리 짓는다고 덧붙였다. 우연히 들은 그의 이야기 덕분에 내 여정을
돌이켜 보게 됐다. 노르웨이에서 여정의 절정을 맛보았다는 허탈감 때문에
갈피를 못 잡던 나는 각각의 여행엔 고유한 이야기가 있고 내 이야기는
아직 진행 중이라고 생각을 고쳤다. 소헤일은 나중에 자신이 머물고 있는
스위스 로잔으로 오라고 했다. 그는 그곳에서 기계 공학을 공부 중이라고
했다. 다른 한 명은 한국인 여행자 채연이다. 그녀는 벨기에에서 일하는
남자 친구를 만나고 잠시 여행 중이었는데 주로 캠핑을 하며 지냈다고
했다. 도중에 휴대폰이 고장 나서 더 이상 사진을 찍을 수 없게 되고
필요할 때만 드문드문 인터넷을 사용했는데 그 불편함이 나쁘지 않았다고
했다. 그녀는 10월 초쯤 귀국할 거라고 했다. 불편함을 나름 즐기고 있는

것을 방해한 것인지 모르지만 여분으로 하나 더 챙겨 온 아이폰을 빌려

줬다. 남자 친구와 가족들이 그동안 걱정했을 테고 기왕이면 사진을 다시

찍는 것도 괜찮을 것 같아서다. (2015. 9. 7)

예테보리를 떠나 말뫼Malmö를 거쳐 코펜하겐으로 이동했다. 스웨덴과

덴마크 사이를 잇는 외레순 다리Øresundsbron를 지나야 했다. 바다

한가운데를 지날 땐 누군가 내 몸을 사방에서 잡아당기는 것처럼 바람이

거셌다. 핸들을 꽉 붙잡고 고개를 더 숙이는 걸로 바람을 견뎠다. 이럴 때

믿을 만한 것이 모터사이클 엔진뿐이라는 사실이 아이러니하다. 현수교를

달리는 동안 덴마크 국경을 지났고 터널이 나왔다. 다시 한참을 달려

터널을 빠져나와 코펜하겐으로 진입했다. 다리 전체 길이는 8킬로미터.

통행료는 180크로네(DKK), 당시 환율로 3만 원 정도다.

북유럽은 유독 모터사이클도 주차비를 내는 경우가 많았다. 그 때문에

지출되는 비용이 은근히 많아 안전하면서도 저렴한 주차 공간을 알아보는

것이 스트레스였다. 호스텔 바로 옆 사설 주차장의 하루 요금이 2만

원 정도 한다는 말을 듣고 다른 방법을 찾기로 했다. 마침 바로 맞은편

공사장 공간이 텅 비어 현장 소장으로 보이는 분께 부탁드려 무료로

주차할 수 있었다. 나중에 몇몇 직원이 이곳에 주차를 하면 안 된다고

했지만 당신의 보스가 승낙했다고 말하니 다행히 그 후로는 별 말이

없었다.

짧게나마 관찰한 코펜하겐 시내는 어느 도시보다 멋쟁이들로 가득 찼다.

자전거로 다니는 사람도 많았는데, 자전거 역시 패션의 일부분으로

세련되게 조화를 이뤘다. 아쉽게도 내 마음에 여유가 없어 그 멋을

차분하게 즐기지 못했다. 러시아와는 반대로 휘발유를 비롯해 모든 면에서 비싼 스칸디나비아에서 한 달을 지내려니 심리적으로 위축되는 것을 느꼈다. 왠지 통장이 반 토막 나 있을 거라는 걱정에 한동안 잔고를 확인할 수 없었다. 이곳을 빨리 떠나야겠다는 생각뿐이었다. (2015. 9. 8)

한국에서 미리 가입해 둔 여행자 보험 월드노마드World Nomads와 연계된 코펜하겐 지사를 찾았다. 오슬로에서 지연된 짐에 관한 모든 서류를 제출했지만 며칠 후 정책상 보상이 어렵다는 답변을 받았다. 짐이 지연된 기간 동안 구매한 옷, 세면도구, 화장품 및 의약품에 관해서만 보상하는데, 그것도 총 1백 달러를 넘는 범위에서만 보상하기 때문이란다. 하긴 구입한 게 양말이랑 팬티밖에 없었다.

덴마크-독일 국경을 넘으니 전반적으로 차들이 빠르게 달리는 느낌이다. 나도 모르게 점점 하위 차선으로 밀려났다. 내가 달리던 곳이 독일의 고속도로, 아우토반autobahn이라는 사실을 나중에 알았다. (2015. 9. 9)

함부르크에서는 일주일을 쉬었다. 머무는 동안 온통 녹이 슬고 늘어난 체인과 기어를 새것으로 교체하고 엔진 오일과 오일 필터를 갈았다. 험난한 여정 동안 큰 말썽 없이 잘 버텨 주어 그저 고마울 따름이다. 전자 장비를 점검하고 엔진 밸브도 청소했다. 카우치서핑을 통해 루마니아 출신의 산업 디자이너 헬마와 일본 출신의 발레 무용수 히나코 집에서 신세를 졌다. 히나코는 자이로토닉*을 가르치기도 했는데 그녀에게

---

*　Gyrotonic. 매트와 의자를 이용해 신체를 훈련하는 방법 중 하나로 〈무용수를 위한 요가〉라고도 불린다. 루마니아 태생의 무용수 출신 줄리우 호르바스Juliu Horvath가 스스로의 외상을 치유하는 과정에서 고안해 냈다.

짧게나마 레슨도 받았다. 근력과 유연성을 동시에 요하는 동작은 절반도 따라가지 못한 채 온몸이 후들거리는 것을 경험했다. 마침 그녀가 뮤지컬 「오페라의 유령」에 출연 중일 때라 티켓을 얻어 헬마와 함께 관람했다. 도통 알아들을 수 없는 독일어라 중반 이후부터 졸았던 기억만 남는다. (2015. 9. 10~14)

주말에는 헬마를 따라 각자의 바이크를 타고 교외에 다녀왔다. 모처럼 구름 없이 맑은 하늘이었다. 강가에서 아이가 모래로 장난을 치는 동안 부모는 햇살을 즐기고 있는 풍경이 눈에 들어왔다. 바로 옆엔 열댓 마리의 오리들 역시 볕을 쬐며 젖은 날개를 말리고 있었다. 평화로운 모습을 담담히 바라보며 스칸디나비아에서의 여정 이후 널뛰었던 마음을 헬마에게 말하다가 나도 모르게 목이 메었다. 모두가 이 여행을 멋지다고, 응원한다고 하니 한편으로는 괴롭고 힘든 순간을 아무에게도 내보이지 못했다. 나 역시 특별할 것 없는 여행자인데 그걸 외면하고 감내하느라 내 마음을 고립시켰다. 그에게 눈물을 비쳐 부끄러운 게 아니라 그동안 빈틈없고 강한 척한 모습이 스스로에게 부끄러웠다. 따사로운 햇살을 있는 그대로 느끼는 것이 중요하지 내가 강하고 약하고는 아무런 의미가 없다. 미운 오리보다 못난 내 마음을 인정하고 받아들이니 눈물이 흘렀고 헬마는 나를 안아 줬다. 〈우주는 우리 모두를 사랑한단다 Universe is loving you.〉 이 간지러운 말은 불교 등 동양 철학에 관심이 많은 그의 철학이기도 하다. 헬마는 이런 메시지를 담은 그림을 그리거나 스티커를 만들기도 했다. 우리는 근처 숲을 맨발로 걸으며 아무 말 없이 앉아서 시간을 더 보냈고, 저녁엔 호박과 감자를 오븐에 구워 먹었다. 그는 내 여정 중 가장 연약하고

자연스러운 순간을 본 유일한 사람이다. (2015. 9. 12)

나를 여기까지 무사히 데려다준 모터사이클이 이제는 짐처럼 느껴졌다.
모터사이클이 사람이라면 무척 속상할 것이다. 내 마음이 이렇게
간사하다. 쉬지 않고 부유하는 마음을 추스르는 동안 몸도 어찌 이동해야
할지 정해야 했다. 당장 9월 하순에 런던에 다녀올 계획이라 그동안
모터사이클을 보관해 줄 사람부터 찾아야 했다. 유럽의 몇몇 지인에게
메일을 쓰느라 며칠간 골머리를 앓았고 브뤼셀과 제슈프 그리고 파리에
있는 친구 모두에게 가능하다는 확답을 받았다. 동선과 일정을 고려해
파리의 윌리에게 부탁하기로 하고 도중에 에릭이 있는 브뤼셀에 들르기로
정했다.

여행이 하나의 생명체라면 노르웨이를 정점으로 소멸을 향해 가는
듯싶다. 모든 것은 소멸한다는 섭리가 처음에는 무력하게 느껴졌지만
점점 자연스러운 과정으로 받아들여졌다. 흩어진 마음을 다시 챙겼다.
그동안 풍경을 보며 달리는 데 주력했다면 이제는 가급적 동선을 줄이고
현지에서 생활하는 쪽으로 방향을 잡았다. (2015. 9. 14)

〈삶은 순간의 연속이며, 그 이상은 아무것도 아니다.〉 좀 진부하게
들리겠지만 저는 이 말을 진심으로 믿습니다. 매 순간을 중요하게
생각하면 모든 순간이 중요해집니다. 이길 수도 있고 질 수도
있습니다. 최악의 경우는 마음 챙김을 하지도 못하고 승리도 거두지
못하는 것입니다. 그러므로 무엇을 하든지 마음 챙김을 실천하며
살아가시길 바랍니다. 새로운 것들에 주목하고 그것을 의미 있게

만들어 보십시오. (앨런 랭어, 앨리슨 비어드, 「복잡한 시대에 주목할
만한 마음 챙김의 미학」, 『HBR』, 2014. 3)

하루 만에 국경을 두 번 넘었다. 아침은 독일에서, 점심은 네덜란드에서,
저녁은 벨기에에서 먹었다. 로포텐 제도에서 알게 된 에릭을 다시 만났다.
(2015. 9. 15)

시내 카페에 앉아 상트페테르부르크에서 찍은 사진을 추렸다. 퇴근한
에릭을 만나 저녁을 먹고 그가 좋아한다는 재즈 바에도 갔다. 에릭의
집에는 흑백 사진이 두 장 걸려 있는데 전반적인 느낌이 매우 좋았다.
마치 세바스치앙 사우가두Sebastião Salgado의 작품 같았다. 직접 찍은
거냐고 물었더니 사우가두의 작품이 맞단다. 직접 찍은 사진이었다면
질투할 뻔했다. 에릭의 사진들도 훌륭하지만. 일흔이 넘은 사우가두는
최근 프로젝트 〈제네시스Genesis〉를 통해 젊은 사진 작가들에게 이렇게
조언했다고 한다.

> 역사와 인류학, 사회학과 지정학에 대해 충분한 지식을 습득해야
> 합니다. 그래야 이 사회를, 자신의 근원을 스스로를 이해하고
> 올바른 선택을 할 수 있습니다. 이게 부족하면 나중에 사진에 관련된
> 그 어떤 기술적 문제보다 큰 한계에 부딪힐 것입니다. (사진가,
> 세바스치앙 사우가두)

올해 초 사우가두의 사진전과 그를 다룬 영화 「세상의 소금The Salt of the

Earth」을 연달아 봤는데 흑백 사진의 힘이 참 인상적이었다. 이미지 필터가 넘쳐나는 요즘 세상에 역설적으로 빛과 어둠만으로 대상의 본질에 집중하는 느낌이었다. 그 힘은 사진작가 이전에 경제학자로서 세계를 다니며 사회와 환경을 생각하고, 숲을 만드는 등 자신이 할 수 있는 한계 내에서 최대한 시민으로 살아온 사우가두 자신의 철학과 실천적 삶에서 비롯되었을 것이다. (2015. 9. 16)

브뤼셀을 떠나 파리에 도착했다. 윌리를 만나기 전에 마침 파리에 있다는 지인의 친구 보은을 만나 전시를 같이 봐야 하는 미션이 생겼다. 보은은 국제 교환 학생 프로그램으로 슬로베니아 류블랴나 대학교에 가기 전 잠시 여행 중이었다. 별생각 없이 정한 약속 장소는 루이뷔통 파운데이션Fondation Louis Vuitton이었는데 건축가 프랭크 게리Frank O. Gehry 할아버지가 마중 나온 줄 알았다. 건물을 보는 순간 설계자가 누군지 느껴질 정도였다. 8년 전 LA를 여행할 때 본 월트 디즈니 콘서트홀Walt Disney Concert Hall과 비슷했다. 거친 파도를 뚫고 나가는 배를 형상화한 건물로 기억하는데 루이뷔통 파운데이션 역시 범선에서 영감을 받았다고 한다. 일을 의뢰받은 시점 등을 고려해 봤을 때, 그가 2000년대쯤 범선 시리즈들을 기획하고, 그 결과들이 이제야 세계 곳곳에 드러나는 것은 아닐까 조심스레 추리해 본다. 배의 갑판 격인 건물 중간의 외부 공간으로 나가니 불로뉴 숲이 한눈에 들어오고 저 멀리 에펠 탑도 보였다. 이처럼 본인의 스타일이 확실하고 구현 능력까지 갖춘 건축가는 드물고 대단하다. 대단한 비용이 드는 구현이 무조건 옳은지는 모르겠지만.

저녁에 윌리를 다시 만났다. 에어비앤비Airbnb가 보편적이지 않던 5년 전,

파리를 여행할 때 그의 아파트 방 하나를 빌려 함께 지내면서 친해진 동갑내기 친구다. 부산에서 태어나 부모님의 사업 때문에 모로코에서 유년 시절을 보내고 지금은 파리 로레알 그룹에서 일하고 있다. 한국 이름은 규석이다. 「카우치서핑이라 생각하지 말고 편하게 쉬어.」 윌리의 말이 고마웠다. 카우치서핑은 좋은 점이 많지만 한편 호스트의 생활 패턴에 따라 좌우되는 부분도 커서 나름의 불편함이 있다. 며칠 동안 어떤 음식을 대접할지 고민했다던 윌리는 중국인 마트에서 구한 삼겹살과 소주를 내왔고, 여자 친구의 본가인 경남 김해에서 왔다는 전복 볶음까지 먹었다. 파리에서 이런 저녁 상을 받을 줄이야. 친구들이 없었다면 점점 추워지는 유럽을 어찌 다녔을지 싶다. (2015. 9. 17)

아침에 공원을 몇 바퀴 달리고 세탁기를 돌렸다. 저녁에는 한국-프랑스 수교 130주년을 기념하기 위해 에펠 탑 조명을 태극기 모양으로 바꾼다고 해서 윌리의 친구들과 함께 보러 갔다. 술자리에서는 한국어보다 불어가 더 많이 들렸다. 어릴 적 입양되어 겉모습은 한국인인데 사실상 프랑스 사람인 친구들도 있었다. 비록 그들의 대화를 온전히 알아들을 수 없는 파리 15구의 어느 술집에 앉아 있지만 먼 곳에도 동양의 얼굴을 가진 친구들이 가까이 있다는 느낌에 묘한 위안을 얻었다. 어쩌면 고향을 떠나온 서양 사람들이 주말마다 이태원 어느 골목에 모이는 것도 비슷한 맥락은 아닐까? (2015. 9. 18)

벌써 주말이다. 윌리네 커플을 따라 쌀국수 집에서 해장을 했다. 미용실에 들러 머리를 다듬고 푹 쉬다가 마트에 다녀왔다. 식재료의 종류가 다양해 그 어느 때보다 장을 보는 재미가 있다. 저녁으로 푸아그라와 통닭을 먹었다. 다음 날 아침 에멘탈 치즈와 아보카도를 곁들여 오믈렛을 해먹고 오후에 파리 근교의 퐁텐블로Fontainebleau에 다녀왔다. 저녁에는 윌리가 자신이 어릴 때 살던 모로코의 전통 요리 중 하나인 양고기 타진lamb tajine을 해줬다. 원뿔형의 냄비에 담긴 양고기를 감자와 당근, 콩을 곁들여 빵과 함께 손으로 먹어야 한다. 손으로 먹는 음식이 처음이라 손가락질이 서툴렀지만 무척 맛있었다.

예테보리에서 함부르크를 거쳐 파리까지 이동하는 동안 내 마음은 온전히 자리를 찾았다. 미아를 추모하기 위해 자전거로 여행 중인 소혜일, 함께 라이딩을 하며 나를 안아 준 헬마, 오랜 친구처럼 반겨 주는 윌리까지 모두가 내 여정을 진심으로 격려해 준 덕분이다. 한편 런던에서 머물 곳을 찾느라 마음 한편은 그새를 못 참고 도버 해협 근처를 서성이며 나를 기다렸다. 브뤼셀을 기점으로 거의 매일 커피와 팽오쇼콜라를 먹었고, 탄수화물과 지방은 예민해진 뇌를 달래 주지 못하고 그대로 몸에 축적됐다. 이때 쌓인 칼로리는 이후 삼 주, 숙소를 네 번 옮기는 동안 서서히 빠졌다. (2015. 9. 19~20)

이제는 바람이 변하고 계절이 바뀌는 것이 온몸으로 느껴진다.

계절이 추워지니 찬 공기가 당연하면서도 그걸 피부로

받아들이는 것은 쉽지 않다. 눈보다는 차라리 비를 맞는 것이

낫고, 비보다 흐린 날씨가 낫다. 달리는 중에 어쩌다 햇빛이

나면 온기 덕분에 고마운 마음이 들 정도다.

함부르크에 있는 모터사이클 정비소 투 휠. 이곳에서 온통 녹슬고 늘어난 체인과
기어를 새로 교체하고 엔진 오일과 오일 필터를 갈았다.

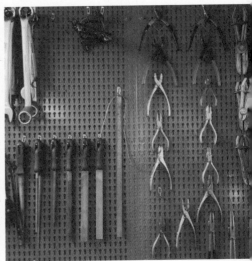

함부르크 헬마의 집.

로포텐 제도에서 알게 된 에릭을 브뤼셀에서 다시 만났다.

에릭의 집에 걸린
세바스치앙 사우가두의
사진들 그리고 벨기에
출신 디자이너 마르탱
마르지엘라의 숍.

프랑스 파리.

>>

¶

런던에 머무는 동안 다른 나라에서 온 4명과 짧게 대화할 기회가 있었다.
그들에게 왜 이곳에 왔는지, 자본주의가 고도로 발달한 런던에 대해
어떻게 생각하는지 물었다. 인터뷰 내용은 대화 이후 이메일을 통해 다시
정리했다. 자신의 이야기를 들려준 스테파노, 아야카, 비르질리오 그리고
수진에게 감사를 전한다.

> 1. 어디 출신인가요? 왜 런던에 왔고, 이곳에 온 지는 얼마나 됐나요?
>
> 2. 주로 어떤 경제 활동을 하나요?
>
> 3. 다른 도시와 비교할 때 런던이 특별히 다른 점은 뭔가요?
>
> 4. 런던에서 가장 좋아하는 장소나 브랜드가 있다면 알려 주세요.
>
> 5. 나중에 다른 도시로 옮길 계획이 있나요? 가령 고향으로
>
> 돌아간다든지.
>
> 6. 만일 시민권을 바꿀 기회가 주어진다면 수락할 의향이 있나요?

∷ 스테파노(40, 음악가)

1. 로마 출신입니다. 이탈리아에서는 예술이 제대로 대접받지 못해서
여기로 옮겼어요. 마피아가 예술가에게 주어지는 기회를 갈취하기도
하고요.
2. 저는 연주자이자 작곡가입니다. 평소엔 학생들을 가르치고 가끔씩
콘서트홀이나 레스토랑에서 연주도 해요.

>>

3. 런던은 교통 시스템이 훌륭해요. 음악을 즐길 수 있는 곳도 풍부하고, 레슨비도 로마보다 후하게 쳐줍니다.

4. 주로 공연장이나 펍에 가요. 그곳에서 콘서트나 뮤지컬을 보거나, 소규모 라이브 공연을 즐겨요.

5. 따사로운 햇살이 그립습니다. 본토의 음식들도 그립고, 모국어도 그리워요. 일단 여기서 내 음악으로 성공해서 투스카니에 집을 사는 것이 목표예요. 일 년 중 절반은 거기서 쉬고, 나머지 반은 세계를 다니며 공연을 하고 싶어요.

6. 저에게 우선순위는 언제나 이탈리아입니다. 다만 두 번째 옵션으로 시민권을 준다면 기꺼이 받겠어요.

✲ 아야카(24, 대학원생)

1. 전 타이베이에서 나고 자랐어요. 어머니가 일본인이라 타이베이에 있는 일본인 학교에 다녔고, 도쿄에서 경제학을 전공하며 4년을 지냈어요. 비록 타이베이에서 태어났지만 동시에 도쿄 역시 고향으로 여겨요. 지금까지 지내 온 도시와 전혀 다른 환경에서 살아 보고 싶어서 런던에 왔어요.

2. 이곳 대학원의 1년 과정으로 경영학을 공부 중이고 거의 마쳐 가요. 현재는 중국 기반의 뉴스 에이전시 영업부에서 인턴으로 근무하고 있어요. 일주일에 두세 번만 출근하면 돼서 나머지 하루는 일본인들이 즐겨 찾는 미용실에서 파트타임도 하고 있어요.

3. 진부한 말이지만 다양한 인종의 거대한 용광로 말고는 딱히 표현할 말이 없네요. 여기서 다양한 출신의 사람들을 만나고 있거든요.

4. 템스 강을 사이에 두고 마주 보는 워털루와 웨스트민스터 지역을 좋아해요. 강변을 따라 걷기도 좋고요. 제가 가장 좋아하는 장소는 테이트 모던에 있는 카페랍니다. 그 카페서 바라보는 경치는 정말 근사해요.

5. 어머니는 어학원을 운영하면서 타이완과 일본 사이에서 헤드헌터로도 활동해요. 아버지는 부동산 관련 일을 하면서 타이완과 일본에서 여행 가이드로 일하고요. 그 영향으로 저도 우선 일본에서 경력을 쌓으며 어떻게 그들이 일하는지 배우고 싶어요. 그다음에 타이완으로 돌아가 그곳에 보탬이 될 수 있는 일을 하고 싶습니다.

6. 아직 구체적으로 생각해 본 적은 없지만 유럽 시민권이 있으면 좋을 것 같아요. 그러면 취업 비자가 해결되겠죠.

∷ 비르질리오 (24, 마케팅 회사 인턴)

1. 카디스에서 태어났어요. 스페인의 남서부에 위치한 작은 도시로 북대서양을 면해 있고 아프리카와 매우 가까워요. 유럽의 중심인 런던에서 전문적으로 일해 보고 싶어서 약 1년 전에 왔어요.

2. 현재는 마케팅 회사에서 인턴으로 근무 중입니다. 주로 리서치 업무를 하거나 발표 자료를 준비하는 일 등을 맡고 있어요.

3. 전 런던에서 좋은 경험을 쌓고 있다고 생각해요. 여러 나라에서 온 사람들을 통해 다양한 관점을 이해할 수 있고, 같은 일이라도 다르게 처리하는 법을 배우고 있어요. 이는 문화적 영향도 있는 것 같아요.

4. 커피숍이나 펍에 종종 가요. 그곳에 있는 것만으로도 영국식 일상을 엿볼 수 있어요. 영국식 일상은 이미 전 세계로 퍼져 나간 하나의

스타일이기도 하죠. 가령 당신이 펍에 간다면 사람들이 그곳에서 꽤 오랜 시간을 보내고 있는 걸 발견할 거예요. 그리고 펍에서 할 수 있는 것이 은근히 많다는 걸 알게 되죠. 게임을 할 수 있고 책을 읽거나 TV를 볼 수도 있어요. 펍은 또 다른 집 역할을 하는 공공장소가 되어 버렸어요. 이 사실이 참 흥미로워요.

5. 현재로써는 런던에서 더 많은 걸 발견하고 싶어요. 오는 1월에는 가족들을 보러 며칠간 스페인으로 돌아가고, 3~4년 후에는 다른 도시로 옮길 거예요. 어쩌면 한국이나 일본이 될 수도 있어요. 두 나라가 저에겐 참 흥미로워요. 언젠가 꼭 갈 거라고 확신합니다. 그때 다시 만나요.

6. 매우 흥미로운 질문이에요. 우선 스스로에게 내가 누구고, 어떤 생각을 가졌는지 물어봐야겠군요. 저는 이상주의자입니다. 기본적으로 우리 모두는 같은 사람이기 때문에 서로가 서로를 돌봐 주어야 한다고 생각해요. 마찬가지로 정치, 경제, 사회, 환경, 인구, 생산, 소비 등 모든 면에서 우리가 살고 있는 지구 환경을 위해 지속 가능하도록 노력해야 하고요. 제가 스페인 사람이고, 유럽의 시민인 것이 만족스러워요. 우선 두 집단은 제가 살고 싶은 방식과 잘 맞아요. 그들은 언제나 위에 언급한 시스템을 개선하려고 해요. 그걸 개선하는 것이 쉽지 않다는 걸 알지만, 우리의 생존과 다음 세대를 위해 필수적인 문제거든요.

☐ 수진 (27, 마케팅 애널리스트)

1. 서울 출신입니다. 런던에 온 이유는 여러 가지가 있지만 우선 일 때문이에요. 서울의 광고 대행사에서 2년 넘게 있으면서 이렇게 매일 밤을

새우며 일만 하면 뭐가 남을까 싶었어요. 광고 AE^Acount Executive로서 연차가
더 쌓였을 때 잘해 낼 수 있을지 자신이 없어 도피성으로 나온 이유도
있어요. 서른 전에 외국의 광고 대행사에서 일해 보고 싶었는데 그때
아니면 영영 못 나올 것 같았어요. 영국에 온 지는 이제 2년 되어 가요.

2. 디지털 마케팅 에이전시에서 아침 9시부터 6시까지 평일에 근무하고
있어요. 운 좋게 런던에 오자마자 일을 구했어요.

3. 런던에서 일하는 사람 중 36퍼센트가 타지에서 온 사람이라는 통계를
본 적이 있어요. 그만큼 다른 출신 사람들에게 기회도 열려 있고, 사람들의
정서도 대체로 열린 편이라고 생각해요.

4. 가장 좋아하는 지역은 캠든입니다! 회사가 동쪽으로 이사하기
전에 캠든에 있었고, 6개월 넘게 살던 곳이라 익숙해요. 맛있는 아시아
음식점도 많아서 좋아요. 날씨 좋은 날 운하 길 따라 걷기도 좋고, 새벽에
한잔하고 지하철역 가판대에서 먹는 핫도그도 좋고, 야외 테라스가 있는
로컬 펍도 다 좋아요.

사첼^Satchel 가방을 좋아해요. 캠브리지에서 2008년에 설립된 가죽 가방
브랜드랍니다. 맛과 색깔이 독특한 유시몰^Euthymol 치약도 즐겨 사용하고
있어요. 얼핏 맨소래담으로 양치하는 기분이에요.

5. 다른 도시로 갈 계획은 없고 꼭 서울로 돌아가려고요. 언젠가 가긴 가야
할 텐데 그 시기를 고민 중이에요. 영국에서 얼마나 경력을 쌓고 가야
도움이 될지도 생각하고 있고, 결혼이나 부모님도 고려해야 하고요.

6. 만일 런던에 오래 남아 있다면 영주권만 받고 귀국할 예정입니다.
시민권은 더 먼 이야기라 아직 모르겠어요.

¶

> 모두가 떠돌지만 그 와중에도 돌아갈 곳이 있다고 여기는 사람과
> 돌아갈 곳이 없다고 여기는 사람은 떠도는 것에 대한 감각이 다를
> 수밖에 없다. 지금껏 많은 예술가들이 어머니의 자궁을 자신의
> 원점으로 여겨 왔듯 누군가는 고향을 자신의 원점으로 여기고,
> 누군가는 가족을, 누군가는 연인을 자신의 원점으로 여긴다. 나의 삶
> 좌표계의 〈0,0,0〉 점은 언제나 집이다. (신지혜, 『0,0,0』, 2015)

나의 친구이자 건축을 전공한 신지혜는 자신이 살아온 집에 관한
이야기를 책으로 엮었다. 지난 2013년부터 2014년까지 독립 잡지 『월간
이리』에 연재한 글을 모은 독립 출판물이다. 여행 출발 전에 그 책을
챙겼고 파리에서 런던으로 가는 버스에서 뒤늦게 읽었다. 그동안 그녀가
살았던 열한 개의 집에 관한 담담하고 진솔한 이야기가 마음을 울렸다.
손바닥만한 크기의 책에는 직접 손으로 그린 평면과 입면 스케치도 담겨
있었다.
그녀가 떠돌아 온 것과는 성격이 다르지만 나 역시 기간을 정해 떠도는
중이었다. 모터사이클로, 버스로 또는 비행기로 다니면서 많은 것들이
이동하는 풍경을 봤다. 러시아를 지나는 동안은 다양한 나라의 번호판이
달린 대형 트럭이나 시베리아 횡단 열차가 물자를 싣고 동으로 또는
서로 이동하고 있었다. 유럽에 들어오니 물자뿐 아니라 다양한 사람들이
다양한 이유로 움직이고 있었다. 계절에 따라 이동하는 철새도 아닌데

우리는 왜 이동할까?

런던에서 3주쯤 머물면서 친구들을 인터뷰할 기회가 있었다. 고향을 떠나온 그들에게 왜 이곳에 왔는지, 여기서 어떤 경제 활동을 하는지, 향후 계획은 어떤지 등을 물었다. 단지 네 명의 사례로 섣불리 판단할 수 없지만 하나의 공통점을 발견했다. 그들은 보다 나은 기회와 경험을 찾아 자의적으로 왔다고 대답했다. 그 기회와 경험은 다시 말해 교육과 일자리로 연결되고, 보다 낫다고 판단한 이유는 궁극적으로 돈과 밀접한 관련이 있다. 좀 더 자유로워지고 싶다는 관점에서 접근할 수도 있다. 철학자 한병철은 『심리 정치』에서 자유에 대해 다른 시각을 제시한다.

> 자유는 결국 에피소드로 끝날 것이다. 에피소드란 막간극을 의미한다. 자유의 감정은 일정한 삶의 형태에서 다른 삶의 형태로 넘어가는 이행기에 나타나 이 새로운 삶의 형태 자체가 강제의 형식임이 밝혀지기 전까지만 지속될 뿐이다. 그리하여 해방 뒤에 새로운 예속이 온다. 그것이 주체의 운명이다. 주체, 서브젝트Subjekt는 문자 그대로 예속되어 있는 자인 것이다. (중략) 성과 주체는 주인에 묶여 있지 않으면서도 스스로를 자발적으로 착취한다는 점에서 절대적 노예라고 할 수 있다. 그에게 노동을 강요하는 주인은 없다. (한병철, 『심리 정치』, 2015)

대체로 사람들은 더 적은 시간 동안 같은 돈을 벌어 여가 시간에 더 많은 경험을 하거나, 또는 같은 시간 동안 더 많은 돈을 벌어 여분의 돈으로 더 많은 경험을 누릴 수 있을 때 여유롭거나 자유롭다고 느낄 것이다. 하지만 한병철은 우리가 자의적으로, 또는 자유롭게 내리는 선택의 이면에 〈자본이 제공하는 레디메이드 자유의 촘촘한 그물〉이 있다고 말한다. 그리고 우리가 그 다채로운 옵션들을 누리기 위한 돈을 마련하고자 스스로 착취하는, 결국 자유를 위해 자유를 희생시키는 역설적인 상황이 발생한다고도 지적한다. 그동안 내가 관찰한 많은 이동은 자의적인 형태를 띠고 있지만 이러한 비판의 프레임에 어느 정도 걸쳐 있기도 했다. 자발적인 이동 대신 타의적인 이동에 관한 이야기를 해보자. 베를린에서 송주원 안무가의 공연 「풍정.각風情.刻」을 준비하면서 이동과 이주에 대한 이야기를 나눴다. 공연과 연계된 최찬숙 작가의 전시 주제는 〈전환기적 정의Transitional Justice〉였다. 전시는 주로 한국에서 일본으로 갔던 위안부 할머니와 일본에서 한국으로 왔던 부용회 할머니 집단을 다뤘다. 강제로 이주되면서 생사의 기로에 섰던 두 희생자 집단을 조명하며 과연 〈정의〉에 대해, 그들의 인권을 이용한 미디어와 〈희생자〉라는 프레임에서 살아온 그들의 삶에 대해 복합적인 질문을 던지기도 한다. 최찬숙 작가는 사회적 전환기에 개인의 기억이 역사의 일부가 되어 타의적으로 당시 사건들을 증언하면서 점차 흔들리는 개인의 정체성을 드러내고자 했다. 이는 위안부 어느 할머니의 인터뷰에서 직접적으로 드러난다. 〈너무 나빠. 말도 많이 했지, 말도 많이 했지, 말도 많이 했지.〉

한편 사샤 발츠 무용단의 「게차이텐Gezeiten」도 떠올랐다. 게차이텐은 독일어로 조류tides를 뜻한다. 공연은 시대의 조류, 즉 전쟁이나 재난이라는 이름의 불가항력에 의한 타의적 이동에 대해 반응하는 사람들을 그렸고,

매우 사실적인 무대 연출로 당시 관객들에게 깊은 인상을 남겼다.

비극적인 사실은 이런 이야기가 최근의 시리아 난민 사태처럼 현재도 세계 곳곳에서 벌어지고 있다는 점이다.

자의든 타의든 여전히 많은 사람이 이동한다. 전쟁, 테러, 재난 뿐 아니라 자유로 포장된 자본이 우리를 움직이고 있기도 하다. 그 사실을 인정하고 받아들인다면 우리에게 두 가지 옵션이 있다. 이동 속에서 살아남을 것인가, 죽을 것인가. 살아남는다면 어떻게 살 것인가.

나는 모터사이클에서 그 힌트를 얻고 싶다. 모터사이클에 비유하자면 살아남는 것은 곧 넘어지지 않는 것이다. 넘어지지 않으려면 관성력, 자이로스코프gyroscope 그리고 셀프 스티어링self-steering 이렇게 세 가지 운행 원리가 필요하다고 배웠다.

모터사이클에는 회전하는 팽이 같은 자이로스코프gyroscope란 장치가 있다. 회전하는 동안 넘어지지 않는 팽이처럼, 몸의 일부가 도로에 닿을 정도로 차체를 기울여도 1분에 수천 번 회전하는 엔진 덕분에 바이크는 넘어지지 않고 관성력에 의해 계속 이동한다. 또한 셀프 스티어링을 통해 뒷바퀴 방향에 맞춰 앞바퀴가 자연스럽게 방향을 잡아 균형을 유지한다.

이처럼 넘어지지 않고 달리려면 계속 회전해야 한다. 멈추면 곧 동력을 잃고 넘어진다. 그 속도가 느리든 빠르든 상관없다. 느린 대신 무게 중심을 잘 잡으면 된다. 무게 중심이 있다는 전제가 성립해야 관성이 생기고 자동으로 방향을 잡기 때문이다.

지혜가 자신의 책 서문에서 말한 〈원점〉 즉, 〈0,0,0〉은 아마도 무게 중심과 비슷한 맥락일 것이다. 그녀에겐 무게 중심이 〈집〉이었다. 『0,0,0』을

통해 말한 열한 개의 이야기는 결국 잘 살기 위해 부단히 이동해 가는
과정이었는지 모른다.

> 자유롭다는 것은 본래 친구들 곁에 있음을 의미한다.
> 인도게르만어에서 자유Freiheit와 친구Freund는 같은 어원에서 나온
> 말이다. 자유는 근본적으로 관계의 어휘다. 사람들은 좋은 관계
> 속에서, 타인과의 행복한 공존 속에서 비로소 진정한 자유를 느끼는
> 것이다. 신자유주의 체제가 초래하는 개개인의 전면적 고립 상태는
> 우리를 진정으로 자유롭게 해주지 못한다. (한병철, 『심리 정치』,
> 2015)

어차피 이동해야 한다면 우리는 올바른 방향으로 함께 해야 한다.
한병철의 글처럼 공동체 속에서 공존해야 진정으로 자유로워질 수 있다.
여정 중에 어디로 가서 무엇을 보고, 밥은 뭘 먹고 잠은 어디서 잘지
혼자만의 선택에 의한 자유를 극한으로 누려 봤지만, 이는 곧 한정된
시간과 돈에 의한 선택의 옵션이 다양했을 뿐이었다. 심지어 자본에 의한
고립 상태라고 느끼기도 했다.
작년 말부터 올해 초까지 아르코 미술관에서 열렸던 전시 〈즐거운 나의
집Home, where the heart is〉에는 건축가 故정기용의 글이 등장한다.

> 우리 삶에는 유년 시절을 보낸 기억의 집, 현재 사는 집, 살아 보고
> 싶은 꿈속의 집이 있다. 이 세 가지 집이 겹친 곳에 사는 사람은

행복한 사람이다. 그것이 불가능할 때는 현재의 〈집〉으로부터
자유로워져 자신만의 삶의 방식을 찾아야 한다. (건축가, 정기용)

런던에서 인터뷰에 응해 준 친구들 역시 지혜처럼 자신만의 삶을 찾기
위해 이동했을 것이다. 유감스럽게도 당장 이익을 챙기는 건 꼬박꼬박
월세를 받는 집주인 또는 자본일지라도 앞으로 우리는 더 많은 이동을
감당해야 할 것이다. 집을 찾기도 쉽지 않고, 진정 자유로워지는 것도
쉽지 않은 때다. 그럼에도 불구하고 나는 이 여행이 끝난 뒤 현재 사는
집에서 자유로워져 부지런히 계속 이동해야겠다. 그동안 부모님이 제공해
준 보금자리에서 독립해 나만의 삶의 방식을 찾아 새로운 공동체를 꾸릴
때까지. (2015. 12. 12)

¶

파리에서 탄 버스는 페리에 실린 채로 국경을 넘어 도버항에 도착했다. 하필 무작위로 하는 짐 검사에 우리 버스가 지목됐고, 바로 옆자리 승객의 가방이 문제가 되어 검문을 마치는 데 두 시간이 걸렸다. 무슨 문제냐고 물었더니 검문원이 자신의 가방에 있던 요리용 식칼에 대해 꼬치꼬치 캐묻느라 통과가 늦어졌단다. 본인을 관광객이라 소개했던 아저씨가 식칼을 챙긴 연유에 대해 더 이상 묻진 않았다. 그러기엔 그의 표정도 내 몸도 지쳐 있었다. 오전 11시 30분에 출발해 런던의 빅토리아 역까지 가는 데 버스로 총 10시간이 걸렸다. 도버 해협에서부터 계속 내리던 비가 런던에 도착할 무렵 그쳤다. 공기는 촉촉했고 밤하늘은 맑았다. 좌측통행이 익숙하지 않아 길을 건널 때마다 젖은 땅의 좌우를 살폈다. 밤 10시 반이 되어서야 호스텔에 도착했고, 근처에서 일하는 지민이 도시락을 챙겨 준 덕에 늦은 저녁을 먹을 수 있었다. 6년 전 엘지아트센터의 현대 무용 워크숍에서 처음 알게 된 후 이따금 공연장에서 인사하던 동생이다. 따뜻하고 찰기가 도는 진짜 밥을 먹으려고 하루 종일 이동했나 보다. (2015. 9. 21)

나는 8월 초 에스토니아를 통해 유럽권에 들어왔으므로 원래대로면 11월 초에 유럽을 벗어나야 했다. 셍겐 조약Schengen Agreement 때문이다. 유럽 국가 간의 통행에 제한이 없도록 만든 조약으로 처음 입국한 날로부터 6개월 안에 90일까지 국경을 자유롭게 넘나들 수 있다. 한편 11월 말 베를린에서 송주원 안무가와 매거진 『B』 팀을 만나기 위해 셍겐 가입국이 아닌

영국으로 빠져 3주를 더 머무르며 체류 기한을 늘렸다.

처음에는 모터사이클 경주로 유명한 맨 섬Isle of Man, 스코틀랜드 등 영국 곳곳을 둘러보고 싶었다. 하지만 북쪽의 공기가 차가워지기 시작했고 좌측통행도 익숙지 않을 것 같아 계획을 접었다. 노르웨이를 다녀온 후로 좋은 풍광에 대한 욕심이 사라지기도 했다. 런던에만 머무르며 현대 무용 단체 호페시 섹터 컴퍼니Hofesh Shechter Company의 공연을 주로 챙겨 봤다. 호페시 섹터 컴퍼니는 9~10월 동안 4개의 공연을 런던 4개 극장에서 열었고, 〈호페스트#Hofest〉(호페시Hofesh와 페스티벌festival의 합성어)라고 이름 붙였다. 처음 본 공연은 「바버리안barbarians」으로 지민, 새봄과 함께 새들러스 웰스 극장에서 봤다. 지민은 원래 현대 무용, 발레에 관심이 많았다. 새봄은 현대 무용 공연을 제대로 보는 것은 처음이지만 패션지 『하퍼스 바자』에서 8년 정도 에디터로 근무하면서 해외 유명 패션쇼를 많이 보았다. 새봄은 패션쇼와 비교해도 이들의 조명이나 음향, 연출 등은 손색이 없다고 말했고, 무용수 개인의 기량이 상당한 것 같다고도 덧붙였다.

이 공연을 만드는 과정은 지금껏 내가 해온 모든 방식과 다르다.
난 다른 작품으로 구성된 삼부작을 만들고자 했고 각 작품들은
에너지가 다르지만 모두 연결되어 있다. (안무가, 호페시 섹터)

ᄇ 「바버리안」

「바버리안」은 삼부작으로 구성되어 있고 각 작품들을 별개로 보아도

상관없을 정도로 독립적이다. 프랑수아 쿠프랭François Couperin의 바로크 음악 「왕궁의 협주곡Les Concerts Royaux」으로 시작되는 1부는 하얀 의상을 입은 무용수들이 춤을 추다가 비트가 강한 음악이나 익숙지 않은 음역대의 전자 음향이 조명과 함께 순식간에 전환되는 등 긴장을 풀 수 없었다. 이전 작품인 「당신들의 방에서In your rooms」(2007)나 「태양SUN」(2013)에서 활용했던 방법처럼 내레이션을 활용한 부분도 인상적이다. 〈호페시, 호페시, 뭘 하고 있나요Hofesh, Hofesh. What are you doing?〉, 〈…… 순수한 것을 찾고 있어요looking for PURE THING ……〉, 〈당신은 혼자가 아녜요You're not alone!〉, 〈나는 당신, 당신은 곧 나I am you. You are me〉 등과 같이 가상의 화자가 관객에게 또는 창작자인 호페시에게, 때론 무용수들이 관객에게 대화를 걸어 무대라는 프레임의 안과 밖을 넘나드는 기분이 들었다.

두 번째 작품은 아무런 생각도 하지 않고 만들고자 시도한 결과다. 왜냐하면 나는 매우 많은 것을 생각하기 때문이다. 우리는 독일에서 작업했고, 나는 모든 과정을 밤에 하기로 정했다. 만일 당신이 밤에 일을 한다면 끝이 없는 것처럼 느껴질 수도 있다. 그리고 내가 앞으로도 전혀 사용하지 않을 것 같은 요소를 생각했다. 바로 금빛 보디 슈트다! 결국 우린 그걸 사용하기로 했다. 어쩌면 내가 참여한 과정 중 가장 창조적인 순간인지도 모른다. 이 작품은 아무런 의미가 없다. 우리는 우리가 있는 장소가 중요하든 아니든 그곳에 존재하고, 무슨 일이 일어나든 그걸 받아들인다. 이 작품도 그렇다. 뭐든 일단 해보는 거다. (안무가, 호페시 셱터)

>>

2부의 분위기는 좀 더 원초적이고 화려했다. 아메리칸 래퍼 미스티컬Mystikal의 곡 「푸시 크룩Pussy Crook」에 맞춰 금빛 보디 슈트를 입은 무용수들이 매우 신나게 춤을 췄다. 〈춘다〉는 단어로 표현하기엔 그 에너지가 넘칠 지경이고, 이들이 보여 주는 극단적인 움직임과 그것을 극도로 절제하는 동작은 그들 몸에 흐르는 땀을 통해 간접적으로 드러났다. 아드레날린의 향연을 보는 듯했다. 마지막 3부는 정반합의 과정처럼 앞서 보여 준 2개의 작품을 아우르는 역할을 했다. 할아버지와 할머니로 분장한 커플이 상대적으로 작은 동작을 반복하는 와중에 이전 두 작품의 몇몇 장면이 겹치며 나타나다 사라졌다.

세 번째 작품은 그동안 이 무용단에서 가장 오래 활동한 무용수와 작업했는데, 나는 그 둘을 가장 신뢰한다. 어떤 상황이 제대로 굴러가지 않더라도 무용수를 신뢰할 수 있어야 한다. 베를린에서 전체 공연을 처음으로 확인하는 동안 앞의 두 작품이 모든 것의 준비 과정인 것을 느꼈다. 세 번째 작품의 2인무가 바로 「바버리안」에 대한 것이고 준비 과정이 존재하는 이유다. 그걸 보며 처음으로 마음을 놓을 수 있었다. 물론 완벽하다는 말이 아니다. 인간의 일생에서 어떤 진실한 순간을 담았다고 본다. (안무가, 호페시 셱터)*

* 닐 노먼Neil Norman, 「호페시 셱터: 야성의 무용Hofesh Shechter: Visigoth of Dance」, 「홈HOME Media」(2016.1.19)

「바버리안」의 주제는 〈사랑〉이란다. 마흔이 넘은 호페시가 내레이션을 통해 답했듯 본인이 찾고 있는 〈순수한 것〉이 그것인지도 모르겠다. 막상 작품에서 사랑을 묘사하는 장면은 하나도 없다. 내내 강렬한 에너지를 뿜어내다가 서서히 소멸을 향해 가는 어느 커플의 동작으로 마무리 지을 뿐이다. 사랑이 무엇인지 묘사하기보다는 〈열정이 다 사라진 후에도 사랑은 여전히 유효한가〉에 대해 질문을 던지는 것처럼 느껴졌다. 〈나는 당신이고, 당신이 곧 나〉라고 반복되는 내레이션처럼 결국 우리 모두는 본질적으로 같다는 메시지로 들리기도 했다. 모든 공연에 대한 감상은 반은 창작자 몫, 나머지 반은 관객 몫이란 말처럼 각자의 상황에 따라 유동적이므로 나중에 또 볼 수 있다면 좋겠다. 그땐 다른 감상을 느낄 수도. (2015. 9. 22)

런던에서 사용할 유심 카드를 구입했다. 머물고 있던 호스텔의 예약을 연장하려고 했더니 오늘부터 다 찼다고 해서 하릴없이 숙소를 바꿔야 했다. 한국인이 운영하는 민박집으로 옮겼는데, 한인 민박만의 따뜻한 분위기가 낯설면서 반가웠다. 그동안 한인 민박이란 옵션이 있다는 것을 깜빡하고 있었다. 물가가 비싼 런던 같은 도시에서는 가장 저렴한 대안이 될 수 있겠다. 호스텔과 달리 아침 식사뿐 아니라 식빵이나 라면 등도 주기 때문에 본인이 원한다면 점심, 저녁의 식비 부담도 덜 수 있다. 북유럽의 일부 기업형 호스텔에서는 베개 커버나 침대 시트까지 돈 내고 빌려야 했는데, 이럴 땐 한국 특유의 서비스가 편하고 좋다.

오후에 테이트 모던에서 〈아그네스 마틴Agnes Martin〉 전시를 봤다. 캔버스 테두리에 남아 있는 마스킹 테이프 자국을 보며 그녀의 완벽주의를 엿볼 수 있었다. 모든 것을 다 걷어 내고 나니 선line이 남았다는 작가의 노트를 보다가 그녀가 추구해 온 화두, 가치는 무엇인지 궁금했다. 일관된 주제 의식으로 평생에 걸쳐 작업을 했던 그녀는 그 답을 찾았을까? 그래서 과연 행복했을까?

숙소로 돌아오는 길에 몇 개의 풍경을 마주쳤다. 4년 전 런던에 왔을 때는 동행이 있었고, 그때 비슷한 풍경을 찍었던 기억이 떠올랐다. 나중에 확인해 보니 내가 본 장소는 사진 속 장소와 달랐다. 과연 동행도 내가 기억하는 동행이 맞을까? 가끔은 내 기억조차 신용할 수 없다. 모든 것이 그렇게 흘러간다. (2015. 9. 23)

오전엔 숙소 근처의 케닝턴 공원Kennington Park에서 조깅을 했다. 여러 도시에서 조깅을 하다 보니 나름의 요령이 생겼다. 가령 공원 같은 곳에서 다른 러너를 발견하면 한 바퀴 정도 뒤따라 본다. 그렇게 뛰다 보면 같은 장소라도 제법 괜찮은 경로를 찾을 수 있다. 이번에도 어느 러너를 따라 뛰었더니 사람의 통행이 많지 않으면서 공원을 최대한 크게 도는 코스로 뛸 수 있었다. 다시 숙소로 돌아오니 같은 방에 막 도착한 다른 한국인 여행자가 있었다. 교환 학생 과정으로 현재 코펜하겐에서 공부 중이라는 기훈은 영화 「킹스맨」에 나온 기네스 펍이 근처에 있다며 한잔하러 가지 않겠냐고 물었다. 모처럼 개운하게 조깅을 한 상태로 맥주를 마신다는 것은 스스로의 나약한 의지를 재확인하는 셈이라 단호하게 거절할 생각은 추호도 없었고 흔쾌히 오케이 했다. 함께 런던에 놀러 온 정표도 합류해 맛있게 마셨다.

저녁에는 지민이 프랑스계 캐나다 댄스 컴퍼니 카 퓌블릭Cas Public의 공연

「심포니 드라마티크Symphonie Dramatique」를 보여 줬다. 토슈즈 차림으로
중력으로부터 자유로운 몸짓을 구현하는 모습은 언제 보아도 아름답다.
소품으로 의자를 활용한 것도 돋보였다. 무용수들의 빠른 동작과 턴을
보며 랄랄라 휴먼 스텝스*의 「아멜리아Amelia」를 떠올렸다.
한편 런던에서는 숨만 쉬고 있어도 파운드화가 줄줄 새어 나가는
느낌이었다. 어쩌다 보니 이번 여행은 노르웨이, 영국 등 물가가 높은
동네를 골라 유독 오래 체류하는 셈이 되었다. 내가 보려는 호페시 섹터
컴퍼니 공연들은 일주일에 한 번씩 있기 때문에 나머지 시간을 어떻게
보내야 할지에 대한 고민도 생겼다. 조깅 때 공원 잔디밭 한복판에
웅크리고 잠자는 사람을 본 기억이 떠올랐다. 나도 그렇게 노숙하며
숨이라도 덜 쉬어야 되나. (2015. 9. 24)

언제 그리고 어느 도시에서 모터사이클을 한국으로 보낼지 슬슬 정해야
했다. 독일 함부르크, 이탈리아 밀라노, 스페인의 발렌시아에 있는 물류
업체에 각각 견적을 의뢰하는 메일을 보냈다. 그래야 런던 이후 대략적인
동선을 정할 수 있다. 저녁에는 다 함께 민박집에서 미트볼, 양송이버섯을
곁들인 샐러드와 연어 스테이크를 해 먹었다. 내일이면 다시 숙소를
옮겨야 한다. (2015. 9. 25)

오후엔 런던 남부의 펄리Purley로 이동했다. 카우치서핑을 통해 미리
나흘 밤을 재워 주기로 한 호스트인 이탈리아 출신 음악가 스테파노가
반겨 줬다. 두 명의 손님이 더 있었다. 에스토니아에서 온 헬레리와

---

*   La La La Human Steps. 1980년 안무가 에두아르 록에 의해 설립된 몬트리올 기반의 세계적인
무용단으로 2015년 9월 재정적인 어려움으로 해체되었다.

암스테르담에서 온 마넬리다. 이들과 거실을 함께 사용하다 보니 나중엔 누가 주인이고 손님인지 헷갈리기도 했다. 스테파노는 그 무렵 자신의 음악에 대해 후원을 요청하는 동영상을 편집하느라 신경이 곤두서 있었고 나중엔 마넬리가 조언을 한답시고 자신이 전에 작업했던 영상 몇 편을 보여 줬다. 당연히 영화 제작자인 마넬리의 영상이 훨씬 매끄러웠다. 헬레리와 나는 아보카도를 막 반으로 갈랐는데, 어느 쪽에 붙어야 할지 고민하는 씨앗처럼 두 예술가의 미묘한 신경전 속에서 딱딱한 미소를 지을 뿐이었다. (2015. 9. 26)

스테파노, 헬레리와 함께 근처 공원에서 조깅을 하고 잔디밭에 누워 제법 많은 이야기를 했다. 하늘에 떠 있는 저 우윳빛의 구름 떼가 실은 인위적인 켐트레일*이라는 것도 스테파노를 통해 알게 됐다. 사회를 위해 어떻게 해야 올바른 일을 시작할 수 있는지 고민 중이라는 나의 물음에 대해 스테파노는 우선 그 생각을 사람들과 나누라고 조언했다. 카우치서핑 역시 기업형으로 운영되는 상업적인 호스텔에 반하여 자신이 살고 있는 공간을 나누는 취지에서 처음 시작되었다고 한다. 헬레리는 올해 만 19세로 대학교에 가기 전에 1년을 자유롭게 보낼 수 있는데, 런던에서의 짧은 여행을 마치고 곧 베를린으로 넘어가 극장과 관련된 일을 해보고 싶다고 했다. 각자의 이야기를 나누는 동안 구름이 계속 이동했다. 맑은 햇살이 살결에 따사롭게 닿다가 이내 차가움을 담은 바람이 땀을 식히며 그 온기를 서서히 가져갔다. 마넬리는 자신이 제작하려는 영화에 대한

---

* chemtrail. 제트기가 만든 인위적인 구름으로 주로 화학 물질이나 생물 농약으로 뒤덮여 있다고 한다. 켐트레일에 반대하는 단체도 있다.

모금 활동을 하느라 일요일에도 아침 일찍 나갔다가 밤늦게 돌아왔다. 이들과 시간을 보내느라 한국에서는 추석 명절인 것도 깜빡했다. 가족 얼굴을 떠올리며 잠을 청했다. (2015. 9. 27)

아침에 스테파노, 마넬리 그리고 헬레리를 위해 오믈렛을 만들었고, 점심엔 일정상 헬레리와 마넬리가 먼저 떠났다. 오후까지 카페에서 글을 정리하다가 돌아왔고, 저녁엔 스테파노의 플랫메이트flatmate 비르질리오와 전날 남은 파스타를 데워 먹었다. 스페인 출신으로 마케팅 에이전시에서 인턴으로 근무 중인 그는 자신도 예전에 스테파노의 카우치서핑 손님이었단다. (2015. 9. 28)

다른 카페에서 종일 글을 쓰다가 집에 오니 이번엔 스테파노의 다른 친구 셰린이 와 있었다. 그녀는 이집트 출신으로 BBC 방송의 저널리스트라고 자신을 소개했다. 스테파노, 비르질리오, 셰린과 함께 동네 근처의 스페인 식당에서 푸짐하게 저녁을 먹었다. 행정 구역상 8존에 해당할 정도로 런던 중심부에서 멀리 떨어진 이 작은 마을에서 이탈리아, 스페인, 이집트 그리고 한국에서 온 네 명이 저녁을 먹는 상황이 묘했다. 정작 우리 테이블에 영국인은 없었고, 따지고 보면 내가 제일 멀리서 왔다. 누가 우리를 이곳까지 오게 했을까. (2015. 9. 29)

다시 센트럴 런던으로 돌아왔다. 숙소는 알드게이트 이스트Aldgate East 역 근처로 1존과 2존의 경계에 위치했다. 카우치서핑 호스트인 준영은 대학교 휴학 중 워킹홀리데이로 이곳에 왔고 근처 스타벅스에서 일하는 중이었다. 그가 저녁 식사로 차려 준 카레와 파스타의 매콤한 맛을 아직도 잊을 수가 없다. 고마운 마음에 끝까지 먹고 싶었지만 그나마 평소보다 덜 넣었다는 캡사이신은 내 혀를 마비시켰다. 펄리에 비하면 무척 오래되고 비좁은 방 한 칸이었지만 마음은 오히려 편안했고 무엇보다 따뜻하게 잘 수 있어 좋았다. (2015. 9. 30)

¶

「디제너레이션」

호페스트#Hofest 두 번째 공연 「디제너레이션deGeneration」은 스트랫퍼드
서커스Stradford Circus 내 스퀘어 극장에서 열렸다. 수습 무용수들로 구성된
〈섹터 주니어〉라는 팝업 컴퍼니가 하는 공연이라서 안무가인 호페시
섹터뿐 아니라 기존 무용수들도 관람객으로서 공연장을 찾았다. 운
좋게 로비에서 호페시 섹터와 호페시 섹터 컴퍼니의 한국인 무용수
김예지를 만나 인사했는데, 나중에 함께 찍은 사진을 보니 나 혼자 너무
방긋 웃고 있었다. 내게 이런 팬심이 있었다니 스스로도 놀랐다. 사실
섹터 주니어라는 이름만 듣고 작품이 자칫 아류로 느껴지지 않을까
걱정했는데 공연을 보면서 내 생각이 편협하고 안일했다는 걸 깨달았다.
이들이 호페시의 기존 작품을 재해석하고 보다 순수하고 강렬한 에너지로
무대에서 표현해 내는 능력은 오히려 청출어람이었다. 막이 내리고 박수를
치면서 언젠가 이들이 기존 무용단을 넘어설 수도 있겠다고 생각했다.
젊고 재능 있는 무용수에게 기회를 주려는 호페시의 의도를 적극적으로
지지한다. (2015. 10. 1)

오후에 아야카를 만나 런던에서의 생활에 대해 인터뷰하고 이후
스테파노, 비르질리오, 수진의 내용을 취합해 런던에서 일하는 네 명의
짧은 인터뷰를 엮었다. 저녁에는 준영과 함께 수진의 플랫flat에 갔다.
플랫은 한국의 아파트와 비슷한데, 런던의 경우 월세가 워낙 비싸 욕실과
주방을 같이 쓰고 방만 따로 쓰는 플랫 셰어flat share를 자주 접할 수 있었다.

우리는 간신히 조리만 할 수 있는 정도로 좁은 공용 주방에서 만든 음식을
접시에 담아 방에서 먹었다. 메뉴는 연어 스테이크와 오믈렛 그리고
샐러드. 딱 일주일 전 금요일 밤에 한인 민박에서 해먹은 것과 비슷한
구성이었다. 숙소 근처에 있는 영국계 슈퍼마켓 체인인 테스코Tesco에서
모든 밑재료를 준비해 왔기 때문이다. 다채로운 음식을 해주고 싶었지만
그러기엔 알고 있는 레시피가 부족했고, 테스코만큼 저렴하면서도 다양한
식재료를 파는 다른 옵션을 딱히 찾지 못했다. (2015. 10. 2)

조금은 쌀쌀한 아침 공기 속에 마일엔드 공원Mile End Park을 따라 뛰었다.
공원에 진입하자마자 떼 지어 달리는 사람이 많아 그 무리에 자연스럽게
합류했다. 모두가 특정한 방향과 코스로 달리고 중간 지점마다 안내
요원의 복장을 한 사람들이 있어서 소규모 마라톤 대회인 줄 알았는데,
알고 보니 파크런Park Run UK이라는 비영리 단체에서 주최한 달리기
행사였다. 영국 곳곳에서 시민들의 자발적 참여로 열리는 이 모임은
후원과 봉사로 유지되고 있다고 한다. 마일엔드 공원의 모임은 매주
토요일 오전 9시부터 시작해 5킬로미터를 뛴다.

오전의 달리기 때문인지 약간의 감기 기운과 피로를 느꼈다. 화이트채플
갤러리Whitechapel Gallery에서 전시를 보면서도 눈이 감겼고, 근처 카페에서
글을 좀 쓰려다가 몇 자 적지 못한 채로 집으로 돌아왔다. 저녁엔 퇴근한
준영과 밖에서 맥주를 마셨고, 돌아오는 길에 맥주 몇 캔을 더 사와 집에서
또 마셨다. 어느덧 이 방에서도 마지막 밤이다. (2015. 10. 3)

오후에 캠든 시장Camden Market을 산책하고 짐을 챙겨 다음 숙소로 이동했다.
원래 카우치서핑으로 일정을 미리 조율했던 다른 호스트와 연락이 끊긴

와중에 운 좋게도 건축과 후배인 민철과 연결이 되었다. 그가 머물고 있는 서리퀴Surrey Quays 역 근처 플랫에는 한국인 유학생이 세 명 더 있고 집주인도 한국 사람이란다. 민철은 런던 메트로폴리탄 대학교에서 석사 과정을 갓 시작한 상황이었는데 나와 비슷한 시기에 런던에 왔다. 그는 남은 기간 동안 편히 지내도 된다고 했다. 덕분에 남은 다섯 밤은 이곳에서 주욱 머물렀다. 돌이켜 보니 사나흘에 한 번꼴로 숙소를 옮겼고, 이곳이 런던에서의 다섯 번째이자 마지막 숙소다. (2015. 10. 4)

종일 흐린 날씨 속에 비가 내렸다. 민철은 학교에 갔고, 난 집에서 쉬었다. 펄리의 스테파노 집은 북쪽을 제외한 모든 면에 큼직한 창이 있어 모든 방향에서 햇볕이 잘 드는 집이었는데, 이 방은 북서향이라 전반적으로 방 안 공기가 싸늘했다. 고맙게도 옆 방에서 난로를 하나 빌려 줬다. 오후엔 바깥 공기도 쐴 겸 집 근처 테스코에 들러 기네스 맥주, 감자칩, 블루치즈, 모차렐라 치즈, 양송이버섯, 아보카도, 아스파라거스, 시리얼, 우유, 토마토 등을 샀다. (2015. 10. 5)

역시 비가 내렸고 집순이 모드로 집에만 있었다. 오전에 옆방에서 알려 준 유튜브 링크로 요가 영상을 보며 따라 하는데 시간 가는 줄도 모르고 1시간이나 스트레칭을 했다. 점심에는 어제 장 본 재료들을 이용해 파스타와 샐러드를 만들었는데 혼자 먹는 양치곤 너무 많았다. 원래 식탐이 적은 편은 아니었지만 언제부터인가 더 늘어난 느낌이다. 마음이 허해서일까, 날씨 탓일까. 무엇이 부족하다 느껴서 필요 이상으로 많이 먹는 것인지 모르겠다. 저녁엔 민철과 함께 해산물 파스타, 아스파라거스를 곁들인 연어 스테이크를 해 먹었다. 이틀 내내 딱히 한

거 없이 먹기만 했다. 내일 비가 그치면 조깅이라도 해야겠다고 생각하며
기네스 맥주 한 캔을 더 땄다. 내일 운동할 거니까……. (2015. 10. 6)
이틀 동안 내렸던 비가 그치고 해가 났다. 쇼디치 근처 카페에서 글을 썼고
오후엔 민철과 숙소 근처 부두를 크게 네 바퀴 정도 뛰었다. 은행나무
잎들은 서서히 노란빛으로 짙게 물들고 있었고, 저 멀리 보이는 카나리
워프Canary Wharf 지역의 고층 빌딩은 사시사철 변하지 않는 소나무 마냥
흰색 불빛을 뿜어내고 있었다. (2015. 10. 7)
점심에 수진을 만나 간단히 커피를 마시고, 준영이 일하는 매장에 들러
짧게 인사를 건넸다. 런던에 도착한 첫날 저녁을 챙겨 줬던 지민과 마지막
점심 겸 저녁을 먹었다. 이 도시에서의 마지막 일정인 호페시 섹터의
공연을 보러 O2 브릭스턴 아카데미O2 Brixton Academy로 이동했다.

▱ 「폴리티컬 마더」

「폴리티컬 마더Political Mother: The Choreographer's Cut」, 5년 전 이 공연을
LG아트센터에서 처음 봤다. 내가 띄엄띄엄이라도 무용 공연을 챙겨
보는 이유는 역설적으로 몸짓의 아름다운 선이나 고통에 몸부림치는
격정적인 동작을 일상에서는 좀처럼 만나기 어렵기 때문이다. 현실은
언제나 양극단에 치우치지 않고 중도를 지켜야만 아슬아슬하게 유지되는
것인지도 모르겠다. 어떤 몸짓도 암묵적으로 용인되는 블랙박스라는
공간에 앉아 모든 감각 기관에 전달되는 자극들에 더욱 대리 만족하고
있는 것이다. 한편 「폴리티컬 마더」는 독특하게도 차분하게 앉아서
관람하는 것이 아니라 연기가 짙게 깔린 록 콘서트 마냥 모두가 서서

공연을 보도록 했다. 이러한 형식은 모두가 공연의 일부분이 되어 직접 참여하는 분위기를 만들었다. 관객들과 함께 손을 들어 올리고 몸을 자유롭게 움직이며 호페시 섹터 컴퍼니의 군무에서 느껴지는 특유의 원초적인 에너지를 나누는 황홀감은 이루 말할 수 없었다. 모터사이클을 탈 때 느끼는 〈몰입〉의 즐거움과는 다른 차원이지만 무아지경을 느낀다는 점에선 같았다.

〈외압 속에도 사람들은 춤을 춘다Where there is pressure, there is folk dance〉고 쓰인 네온사인이 등장하면서 후반부의 분위기는 점점 고조되었다. 〈외압〉은 여전히 존재하고 앞으로도 존재할 것이다. 이제는 그 압박을 만드는 주체가 나 자신에게 있다는 점도 인지했다. 외부의 압력을 극복하는 것도 만만치 않겠지만 나 스스로를 어떻게 할 것인지 정하고 그걸 극복하는 것이 훨씬 어렵다는 것을 깨닫고 있다. 그럼에도 이 공연을 즐길 수 있었던 것은 서서히 나만의 방식으로 〈춤〉을 출 수 있겠다는 생각이 들어서다. 이 공연을 처음 접했을 당시 내 마음 깊은 곳을 건드렸던 화두가 어느새 온전히 해결되어 버린 것인지도 모르겠다. 무거운 주제를 현란한 감각으로 풀어 낸 이 공연이 여전히 좋다. 현악 파트와 드럼, 기타 등 밴드 파트의 협연 역시 다시 들어도 압권이다.

막이 내리고 극장 앞은 한동안 그 여운을 동행과 나누는 사람들로 웅성거렸고, 지하철 역까지 가는 길에도 일부 젊은 관객들은 몇몇 군무 장면을 따라 하며 걸어갔다.

이 작업이 무대까지 오르는 데 지치지 않고 일해 준 모든 동료에게

감사를 표한다. 끝나지 않는 통화, 서류 작업, 움직임, 땀, 낮과 밤,
소리, 대화, 아이디어, 열정, 실망, 희망, 흥분. 우리의 위대한 노력이
비록 작고 순간적인 경험이더라도, 그 순간이 중요하게 느껴질
것이다. (안무가, 호페시 섹터)

런던에서의 3주를 어떻게 보낼지 고민하던 것이 무색하게 시간이 빨리
흘렀다. 한가로이 지난 여행을 정리하며 책이나 읽을 생각이었다.
그러기엔 여러 친구들이 들려주는 이야기를 듣거나 길거리의 간판
하나하나를 읽는 것이 훨씬 흥미로웠다. 런던 이후의 대략적인 동선도
정리했다. 그동안 몇몇 여행자로부터 자신의 집에서 재워 주겠다는
초대를 받았는데 그들이 사는 도시를 연결하다 보니 폴란드를 향해 동쪽
방향으로 크게 돈 다음, 다시 스페인으로 향하는 동선이 자연스럽게
나왔다. 얼굴을 스치는 바람에서는 이미 찬 기운이 느껴졌고 그것을
사람의 온기로 견디고 싶었다. (2015. 10. 8)

>>

파리에서 탄 런던행 버스는 페리에 실린 채로 국경을 넘었다.

>>

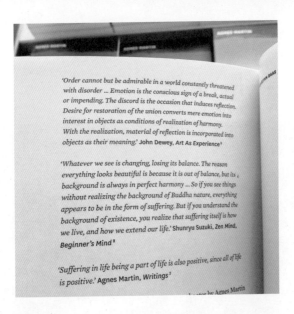

'Order cannot but be admirable in a world constantly threatened with disorder ... Emotion is the conscious sign of a break, actual or impending. The discord is the occasion that induces reflection. Desire for restoration of the union converts mere emotion into interest in objects as conditions of realization of harmony. With the realization, material of reflection is incorporated into objects as their meaning.' John Dewey, Art As Experience¹

'Whatever we see is changing, losing its balance. The reason everything looks beautiful is because it is out of balance, but its background is always in perfect harmony ... So if you see things without realizing the background of Buddha nature, everything appears to be in the form of suffering. But if you understand the background of existence, you realize that suffering itself is how we live, and how we extend our life.' Shunryu Suzuki, Zen Mind, Beginner's Mind²

'Suffering in life being a part of life is also positive, since all of life is positive.' Agnes Martin, Writings³

>>

>>

알드게이트, 옥스퍼드 스트리트, 쇼디치.

>>

안무가 버전으로 다시
선보인 호페시 섹터의
「폴리티컬 마더」

내 친구의 집은 어디인가

모르주 – 인스부르크 – 류블랴나 – 부다페스트 – 제슈프

¶

아침 일찍 빅토리아 역에서 버스를 타고 저녁에 파리로 넘어왔다. 이번엔
페리가 아니라 포크스톤Folkestone 지역의 유로 터널을 경유해서 왔다.
파리에 도착하자마자 윌리네 커플과 함께 얀 형네서 저녁을 먹었다. 5년
전 윌리를 통해 알게 된 형으로, 유학생 신분으로 파리에 와서 이제는
디자이너로 일하고 있다. 한국 이름은 정현이다. 그는 부침개, 김치 만두,
계란찜, 명란젓, 등갈비찜, 곰탕에 겉절이 김치까지 한식을 코스 요리처럼
차려 주었는데 여기가 파리인지 서울인지 착각이 들 정도로 하나하나
맛있었다. 역시 손 크고 요리 잘하는 사람은 따로 있나 보다. (2015. 10. 9)
휴식을 취하며 다시 짐을 싸기 시작했고, 저녁엔 윌리의 직장 동료인 남궁
현이 집으로 와 함께 저녁을 먹었다. 내게 남은 여행을 잘 마치라며, 집도
먼데 굳이 인사하러 와줘서 내심 고마웠다. 한창 각자의 자리에서 바쁘게
일하고 있을 윌리와 현의 건투를 빈다.
한편 예테보리에서 만났던 여행자 채연에게 빌려 줬던 휴대폰을 파리에서
소포로 다시 받았다. 그녀는 이제 여행을 마치고 귀국한단다. 절묘한
타이밍으로 런던에서 고장 난 아이폰4S 대신 사용할 수 있게 됐다.
돌려받은 휴대폰은 비상용으로 챙겨 온 아이폰4라 사진 품질이 좋지는
않았지만 당장 내일부터 다시 이동해야 했기에 가릴 처지가 아니었다.
(2015. 10. 10)
여행이 넉 달 째로 접어들면서 특정 도시에 가고 싶다는 생각은 자연히

사라졌다. 유명한 관광지에서 나 홀로 섬처럼 관광을 하느니 차라리 내가
잘 모르는 도시라도 그곳에 아는 사람이 있다면 그곳을 가는 쪽을 택했다.
모터사이클 덕분에 스케줄만 잘 맞춘다면 얼마든지 가능한 일이었다.
그래서 런던 이후의 일정은 주로 나를 초대해 준, 또는 원래 알고 있던
친구들의 장소를 잇는 방식으로 동선을 정했다. 다음 목적지가 스위스
모르주Morges다.

파리에서 출발해 A6도로를 따라가는 동안 주유소에 두 번 들렀고, 그새
기온이 많이 떨어졌다. 특히 산악 지대를 지날 때는 추웠다. 저녁 7시경
모르주의 어느 오래된 대저택에 도착했다. 그 저택의 3층에는 소헤일이
살고 있었다. 그는 9월 중순부터 내게 메일을 보내 언제 올 건지 물어봤고,
미리 집주인의 승낙을 얻었다고 했다. 〈정말 여기까지 와줘서 기뻐〉라며
반갑게 맞이해 줬고, 저녁으로 올리브 오일과 레몬 소스를 얹은 연어를
오븐에 구운 요리를 준비했다. 어릴 적 프랑스에 살 때 어머니께서
해주시던 음식이란다. 돌이켜 보면 그 역시 예테보리에서 만났다.
여러모로 내게 회복의 기운을 준 고마운 도시다. (2015. 10. 11)

현재 로잔 연방 공과 대학교École Polytechnique Fédérale de Lausanne, EPFL에서 기계
공학을 공부 중인 소헤일은 내가 여행 때 만난 사람 중 가장 두뇌가
명석하고 자기 관리가 철저한 친구다. 예테보리의 호스텔에서 함께 지낼
때도 늘 알람에 맞춰 일어나 이른 시각임에도 불구하고 샤워를 하고
아침을 챙겨 먹었다. 다시 학생으로 돌아온 그는 여행 때보다 더 부지런해
보였다. 6시에 일어나 샤워를 하고, 뮤즐리를 두유에 곁들여 먹고 사과, 배,
키위 등을 믹서기로 갈아 마셨다. 옷은 전날 미리 꺼내 놓은 셔츠와 바지를

입었다. 예전에 베르겐의 레스토랑에서 아르바이트를 했기 때문인지는 몰라도 부엌 뒷정리 역시 신속하고 깔끔했다. 다른 룸메이트가 설거지를 마치면 그 접시를 마른 수건으로 닦아 원래 있던 자리에 놓는 모습을 보며 분주한 식당 주방의 한 모습을 보는 것 같았다.

오후에 EPFL 캠퍼스를 둘러보고 수업이 끝난 소혜일과 시내를 둘러봤다. 제네바 호수에 면하고 있는 이 작은 마을에서 날씨가 좋을 때는 저 멀리 몽블랑까지 보인다고 했다. 며칠 더 머무르며 함께 조깅도 하면 좋겠다는 생각이 들었다. 풍경을 사진으로도 담기 힘들다면 그 주변을 따라 달리면 된다. 짧은 시간이었지만 그와 제법 많은 대화를 나눴다. 남자 둘이서 스위스의 정밀 과학 기술 수준과, 그 수준을 유지하기 위해 국가에서 그리고 EU기금에서 지원하는 교육 시스템, 여러 면에서 잘 조직된 스위스 사회에 대해 이렇게 수다를 떨 줄은 몰랐다. 무엇이 그로 하여금 기계 공학 특히 엔진 분야에 매료되게 했는지 궁금했다. 어찌 됐든 엔진은 정말 중요하다. 나 역시 바이에른 뮌헨의 공장Bayerische Motoren Werke AG, BMW에서 소혜일과 같은 엔지니어들이 생산한 엔진 덕분에 이렇게 별 탈 없이 여행을 하고 있으므로.

저녁에는 그를 위해 오믈렛을 만들었다. 공용 주방의 식탁 위에는 연필로 날짜가 적힌 달걀들이 있었는데, 소혜일의 말에 의하면 집주인이 정원에 풀어 놓고 키우는 암탉과 수탉 한 쌍에게서 얻은 거란다. 달걀에 적힌 날짜로부터 사나흘 지난 것부터는 먹어도 된다고 했다. 돌이켜 보면 여행 중에 만든 수십 판의 오믈렛 중에 이때 사용한 달걀이 당연히 가장 좋았다. 짙은 노란빛이 도는 계란에 약간의 두유와 설탕을 풀어 계란

옷을 만들고, 그걸 약한 불의 프라이팬에 두른 뒤 채 썬 양송이와 잘게
다진 파프리카, 붉은빛의 올리브 그리고 부팔라 치즈를 얹었다. 그리고
샐러드로 토마토와 아보카도를 곁들였다. 비록 모양새는 어제 소혜일이
오븐을 이용해 내온 연어 구이보다 누추했지만, 달걀 덕분인지 때깔은
좋았다.

내일이면 오스트리아로 떠난다. 짐을 미리 싸는 중에 방 창가 자리에 걸려
있는 소혜일의 친구 미아의 사진을 발견했다. 〈덕분에 좋은 친구를 만나
여기까지 왔어. 평화로운 곳에서 편안하게 쉬고 있기를.〉 (2015. 10. 12)

아침 9시쯤 출발했고, 일기 예보대로 오후부턴 비가 내렸다. 날씨가
좋지 않아 알프스를 관통하는 구불구불한 도로보다는 베른, 취리히,
장크트갈렌을 통해 우회하는 고속도로를 이용했다. 여러 도시의 이름이
적힌 표지판을 스치는 동안 3년 전 여행했던 기억도 떠오르다 사라졌다.
그때는 취리히에서 유학 중인 선배와 함께 체르마트 트레킹을 하고
장크트갈렌 수도원과 도서관도 구경했다. 내가 여길 바이크로 올 줄은
상상도 못했다. 스스로의 삶도 예측할 수 없다니 참 아이러니하다.
오스트리아 티롤 지역으로 진입하면서 손이 너무 시려 처음으로 겨울용
장갑으로 바꿨다. 안개가 자욱하여 한 치 앞도 보이지 않는 커브 길을
지날 때도 있었는데, 안개 구간을 지나니 사이드 미러에 비치는 풍경이
선명해졌다. 무사히 인스브루크의 호스텔에 도착했고, 저녁을 먹고 바로
잤다. 비는 그쳤지만 하늘엔 여전히 무거워 보이는 구름 떼가 간신히 떠
있었다. (2015. 10. 13)

출발할 때 비가 내리진 않았지만 조금 달리다 보니 다시 헬멧 위로

비가 똑똑 떨어지기 시작했다. 오전 10시에 출발해 오후 4시 반 류블랴나Ljubljana에 도착할 때까지 안개가 자욱한 가운데 종일 비를 맞았다. 오스트리아 북부에서 1.5도까지 떨어지며 잠시 눈발이 날리기도 했다. 슬로베니아 국경 지대 터널을 지날 때 기온이 20도까지 오르며 처음으로 터널이 따뜻하다고 느꼈다. 한편 도로에서 마주친 봉고 트럭이 기억난다. 내 옆 차로에 가까이 붙길래 잠시 긴장하고 있었는데, 운전자가 창문을 내리더니 엄지를 세우며 지나갔다. 우의를 입고 잔뜩 웅크리고 있던 내게 그 장면은 궂은 날씨를 버티는 위안이 됐다.

류블랴나 시내의 호스텔에 도착하니 네덜란드로 복귀 중이라는 모터사이클 여행자 2명이 더 있었고, 내가 체크인할 무렵 자그레브에서 넘어왔다는 자전거 여행자 4명이 막 도착했다. 나를 포함해 다들 젖었다. 옷가지와 가방을 비롯해 모든 젖은 물건들을 말리느라 분주한 풍경 속에 하루가 저물었다. 여기서 5일 쉰다. (2015. 10. 14)

나와 비슷한 나이의 네덜란드 출신 둘은 약 3주간의 휴가 일정으로 동유럽 일대를 돌고 다음 월요일 출근을 위해 아침부터 다시 떠나야 한다고 했다. 그중 한 친구가 내게 이어플러그를 꼭 사용하라며, 그러지 않으면 나중에 청각 장애가 올 수도 있다고 조언했다. 이미 2만 킬로미터 넘게 달려오면서 나 역시 바람이 헬멧에 부서지는 풍절음을 참아 온 터라 그 말을 기억했지만 막상 이어플러그를 구할 기회가 없었다. 결국 여행 끝까지 맨 귀로 버티긴 했는데 다행히 귀가 먹진 않았다.

카페에서 오슬로 공항에서 느꼈던 〈깊은 심심함〉에 관한 글을 썼다. 파리에서 봤던 보은을 다시 만났고, 류블랴나 성과 시내 주변을 구경하다가 상점에서 트러플 소금 2개를 샀다. 하나는 요리용으로, 다른 하나는 곧 폴란드에서 만날 유렉과 루시 부부를 위한 선물용으로 샀다. 저녁에 양송이버섯과 마늘을 곁들인 파스타를 만들 때 시험 삼아 뿌려 봤는데 맛이 그럴듯했다. 오호이. (2015. 10. 15)

하루에 열 번 넘게 변하는 것이 류블랴나 날씨란다. 다시 카페에서 글을 정리하는 와중에도 비가 오락가락하다가 오후 무렵부터 해가 났다. 보은을 비롯해 류블랴나 대학교에 국제 교환 학생 프로그램으로 왔다는 한인 학생 4명과 함께 저녁을 먹었다. 다 함께 사진을 찍었는데 남자 하나는 스물다섯, 여자 셋은 모두 스물셋이란다. 난 벌모레면 서른셋, 그저 씨익 웃었다. (2015. 10. 16)

보은의 제안으로 아침 8시 버스를 타고 블레드 호수Lake Bled와 빈트가르Vintgar 계곡에 함께 다녀왔다. 모처럼 화창한 날씨에 둘레가 4~5킬로미터 되는 호수 변을 조깅하는 사람들도 있었고, 그 안에서 카약을 연습하는 무리도 있었다. 이른 아침부터 호수를 산책하는 것만으로도 마음이 평화로웠다. 이제 그만 숙소로 돌아가 몸도 평화로이 쉴까 고민하다가 결국 빈트가르 계곡까지 봤다. 전반적으로 유량이 많은 계곡이라 사진을 찍기엔 근사한 곳이지만 콸콸 흐르는 물소리를 한 시간 넘게 듣노라니 나중엔 정신이 멍해지는 기분이었다.

마음에도 모양이 있다면 물과 비슷하지 않을까. 호수처럼 잔잔하다가 깊은 계곡처럼 세차게 흐르기도 한다. 끊임없이 흐르고 변하는 것이 마음의 속성이라면 그것을 스스로 다스릴 수 있을까. 물이 담긴 그릇을 쥐고 행여 쏟아질까 노심초사하느니 일찌감치 그걸 비우고 그릇을 다른 용도로 쓰는 것이 나을지도 모른다. 여러 생각이 떠올랐다 사라졌다.

(2015. 10 .17)

여행 중에 시리아 난민 문제가 유럽을 넘어 국세적으로 점점 심각해지고 있다는 소식을 접했다. 주요 공항이나 철도역을 이용하는 것이 아니라 막상 난민을 마주친 적은 없었다. 그래서 크게 실감하지 못했다. 한편 러시아-에스토니아 국경 이후로 오랜만에 헝가리 국경에서 검문을 했다. 무장한 경찰들 앞에 모터사이클을 세우고 헬멧을 벗었다. 여권과 국제 운전면허증을 보여 주면 검문원이 대개 여행의 출발지와 도착지, 평균 이동 거리, 여행 기간 등에 대해 묻고선 행운을 빈다는 식으로 인사하며 마무리를 짓곤 했는데 이번에는 그런 우호적인 분위기가 아니었다. 검문을 마치고 태연한 척 다시 헬멧을 쓰고 달리는 동안 심장이 평소보다 빨리 뛰는 것이 느껴졌다. 국경을 지나 넓은 도로에 들어서니 차량이 거의 없었다. 부다페스트의 숙소에 도착했다. 나중에 여행을 마치고 알게 된 사실이지만 이미 9월 초, 부다페스트 중앙 역인 켈레티Keleti 역이 국경 통제 강화로 일시 폐쇄된 적이 있고 난민들의 대규모 시위도 있었다고 한다. 나중에 신문 기사를 통해 부다페스트에서 비엔나까지 가는 난민들로 가득 찬 버스의 사진을 봤다. 유감스럽게도 당시 상황은 사진보다 훨씬 처참했던 것 같다. (2015. 10 .18)

날이 흐렸고 비가 오다 말다 했다. 다행히 오전에 잠시 그쳐서 도나우 강변을 따라 머르기트 섬Margitsziget까지 달렸다. 좁고 긴 형상이었는데, 한 바퀴를 도는 데 대략 5.3킬로미터 정도다. 부다페스트에 머무는 동안 스톡홀름에서 공부 중인 친구 민선이 잠시 놀러와 몇몇 카페와

>>

식당에 함께 갔다. 헝가리는 〈포린트(FT 또는 HUF)〉* 라고 불리는 자국 화폐를 쓰는데 높은 화폐 단위에 비해 물가는 상대적으로 저렴한 편이라 레스토랑에서 음식을 사 먹어도 큰 부담이 없었다. 그중 기억에 남는 곳 하나가 도나우 강을 기준으로 서쪽의 한적한 부다Buda에 있는 탄티 레스토랑Tanti Étterem이다. 세 가지 코스를 주문했는데, 어느 접시 하나 손색이 없을 정도로 메뉴 구성이 좋았다. 굴을 가공한 소스를 얹은 쇠고기 스테이크에 구운 양배추가 곁들여 나왔는데, 바삭하면서 간이 잘된 양배추의 식감이 여전히 기억에 남는다. 새 접시를 내오며 음식에 대해 설명하는 서버의 눈빛엔 확신이 가득 차 보였다. 이곳의 평일 점심 가격은 4천5백 포린트(약 1만8천 원). 2015년 미슐랭 가이드에서 별점 하나를 받았다고 한다. (2015. 10. 19~20)

12시쯤 출발해 슬로바키아를 넘어 폴란드 크라쿠프Kraków까지 갔다. 주행 거리는 짧았지만 예상보다 시간이 오래 걸렸고 궂은 날씨 속에 심신이 고생스러웠다. 해가 일찍 져서 금세 컴컴해졌고 휴대폰의 GPS가 가끔씩 작동하지 않아 애먹었다. 7시쯤 예레미의 아파트에 도착했고 따뜻한 물로 샤워를 하고 몸에 남아 있는 한기를 수건으로 닦아 냈다. 겨우 시월 말인데 이미 겨울이 시작된 느낌이었다. 나중에 지나온 경로를 구글 위성 사진으로 복기해 보니 조금은 이해가 갔다. 나름대로 최단 경로를 택한 것이었는데 알고 보니 그 길이 오스트리아만큼 높지는 않아도 대부분 짙은 녹색으로 덮인 산악 지형이었던 것이다.

지난 8월 중순 노르웨이에서 부모님 연배의 유렉과 루시 부부를 만났는데

* 100HUF는 약 0.33EUR이며 한화 약 400원이다(2015년 10월 기준).

그때 지갑에서 자식들 사진을 보여 주던 기억이 난다. 사진 속 세 남매
중 어쩌다 보니 막내아들 예레미를 먼저 만나게 됐다. 현재 박사 과정을
마치고 크라쿠프 대학교의 연구실에서 일하고 있는 그는 포니테일 머리에
수염을 길렀음에도 「톰과 제리」의 제리처럼 귀여운 이미지를 지녔다.
자신의 부모님이 엄청 빡빡하게 여행 계획을 짰을 거라며 그 전에 여기
머무는 동안 푹 쉬었다 가라고 했다. (2015. 10. 21~22)

오전에 비엘리치카 소금 광산Wieliczka Salt Mine을 둘러보고 유렉과 루시
부부가 살고 있는 도시 제슈프로 이동했다. 두 달 만에 다시 만난 그들은
지난 10월 21일 쇼팽 콩쿠르에서 우승한 조성진의 소식으로 인사를
건네며 나를 매우 반갑게 맞이했다. 루시가 나에게 피아노를 칠 줄 아냐고
물어보는데 이럴 줄 알았으면 어릴 때 좀 더 진득하게 배울 걸 그랬나
보다. 참고로 난 체르니 30번 중 27번까지 치다가 피아노 뚜껑을 닫았다.
유렉과 루시의 초대에 응하고자 파리에서 크게 반시계 방향으로 돌아
폴란드 남동부에 있는 공업 도시 제슈프까지 왔다. 유렉은 여러 번 메일을
주고 받으며 내 일정과 동선을 물어봤고, 자신들과 함께 머무는 동안
잠자리와 음식은 걱정하지 말라고 했다. 나도 모르게 입양된 것은 아닌가
싶을 정도로 극진한 대접을 받았다. 역시나 예레미의 예고대로 쉴 틈 없이
곳곳을 둘러보고, 1박 2일로 폴란드-우크라이나 접경 지대 깊은 산에
있는 산장에도 함께 다녀왔다. 세 끼를 꼬박 잘 챙겨 먹어 이때부터 얼굴에
본격적으로 살이 오르기도 했다. 다양한 화제에 관해 이야기도 나눴는데,
유렉은 한국의 사회나 경제 여건을 비롯해, 결혼 문화에도 관심이 많았다.
심지어 재벌이란 단어도 알고 있었다.

>>

유렉은 1989년 동유럽 혁명 이후 자신의 유한 회사를 설립한 1세대 기업인에 속한다. 당시 나이가 서른일곱, 그때 설립한 전기 엔지니어링 회사는 현재 폴란드뿐 아니라 프랑스에도 일부 지사가 있을 정도로 성장했다고 한다. 또한 유렉과 루시를 비롯해 자녀 셋의 평균 학력이 석사 이상일 정도로 고학력 집안이다. 중간에 그의 둘째 아들인 마친과 근처 숲을 함께 달리며 이야기를 나눈 적이 있는데, 그 역시 현재 컴퓨터 프로그래머로 일하며 박사 과정 중이라고 했다. 마친은 가족들의 기본 학력이 높아 그걸 따라잡는 것도 여간 쉬운 일이 아니라며 웃었다.

한편 이들에게 매료된 점은 단순히 표면적으로 드러나는 직업이나 높은 교육 수준 때문이 아니다. 예순다섯 나이의 유렉은 밖에선 회장이란 직함으로 불릴지 몰라도 루시 앞에서 늘 장난기 가득한 소년이었다. 퇴근 후엔 집에서 루시와 함께 식사를 하고 저녁에 동네를 산책했다. 결혼 또는 학업으로 이미 독립한 자녀 셋과는 너무 소원하지 않을 정도로 만남을 유지했다. 어쩌면 당연한데, 요즘 시대에 보기 드문 이상적인 부부와 가족의 모습을 재발견한 느낌이었다. 그들과 함께 생활하는 동안 결혼에 대한 생각이 긍정적인 쪽으로 많이 바뀌었다.

유렉과 루시와 함께 한 일주일이 순식간에 지나갔다. 바르샤바를 향해 시동을 걸고 떠나는데 그들이 끝까지 배웅하며 서 있는 모습이 거울에 비쳤다. 그 풍경이 문득 여행을 떠나오던 날, 나를 배웅하는 가족의 모습과 겹쳐 달리는 내내 눈에 밟혔다. 여행 132일째, 결국 난 부메랑처럼 집으로 돌아가기 위해 이리 먼 길을 돌고 있는 것인지도 모르겠다. (2015. 10. 23~29)

스웨덴 예테보리에서 알게 된 소혜일을 스위스 모르주에서
다시 만났다. 그의 집에서 머물렀다.

소혜일이 공부하는 로잔 연방 공과 대학교에 놀러갔다.
일본 건축가 듀오 SANAA가 설계한 롤렉스 러닝 센터.

2015년 10월 21일 폴란드 쇼팽
콩쿠르에서 우승한 피아니스트
조성진에 대한 기사들.
폴란드 크라쿠프

>>

폴란드 란슈트.

유렉과 루시를 처음 만난
곳은 노르카프 근처의
호닝스버그다. 유렉은 그때
샀다는 순록 모양의 기념품을
보여 줬다. 유렉과 루시의
결혼 사진.

¶

10월 25일부로 일광 절약 시간제DST가 해제되면서 1시간이 앞당겨졌나.
오후 4시 반이면 해가 지기 시작한다. 서울에 살 땐 해가 짧아지는 것에
대해 무감했는데, 이제는 바람이 변하고 계절이 바뀌는 것이 온몸으로
느껴진다. 계절이 추워지니 찬 공기가 당연하면서도 그걸 피부로
받아들이는 것은 쉽지 않다. 눈보다는 차라리 비를 맞는 것이 낫고, 비보다
흐린 날씨가 낫다. 달리는 중에 어쩌다 햇빛이 나면 온기 덕분에 고마운
마음이 들 정도다.

제슈프에서 유렉과 작별을 하며 볼을 비빌 때 느껴지던 까끌까끌한
수염의 감촉이 가시지 않은 채 바르샤바Warsaw에 도착했다. 호스텔 근처의
카페에서 랩탑을 펴고 멍하니 앉아 있다가 한 페이지도 못 쓰고 숙소로
돌아왔다. (2015. 10. 29)

바르샤바에서 하루 더 쉬는 동안 유대인 공동 묘지에 들렀고, 런던에서
만난 수진의 소개로 물류 회사에서 근무 중인 연상을 만나 점심을 먹었다.
모터사이클을 한국으로 보내는 방법과 운임 조건 등에 대해 조언을
들으며 대화를 나누다 보니 그가 원래 미술을 전공했다는 사실을 알게
됐다. 물류와는 무관한, 더 재미난 이야기들이 다양하게 오갔다. 저녁에는
〈나는 시민인가〉에 대한 글을 마무리 지었다.

송주원 안무가로부터 다시 연락이 왔다. 11월 말 베를린에서의 공연에

---

* 　　인숙이 추천해 준 책 『마음, 어떻게 움직이는가』(2009)에서 따왔다. 〈마음은 어떻게
움직이는가〉에 대해 불교와 현대 철학, 정신 의학, 인지 과학 등의 관점에서 다룬 글들로 구성되었다.

참관하는 것이 아니라 무용수로서 참여할 수 있겠냐는 제안이었다. 〈이동
또는 이주〉에 관한 주제라는데 마침 내 상황과 맞닿아 있는 것 같아서
가능하다고 답했다. (2015. 10. 30)

서쪽 방향을 향해 포즈난Poznań으로 이동했다. 할로윈이라고 호스텔의
옆방은 제법 시끌벅적하게 파티를 열고 있었고, 난 카프레제 샐러드와
감자칩을 곁들여 흑맥주 한 병을 해치우고 바로 잠들었다. (2015. 10. 31)

다시 독일로 왔다. 베를린에서 헬레리와 재회하고 룸메이트인 게테와
함께 벼룩시장이 열리고 있는 공원에 다녀왔다. 마침 11월 1일은
가톨릭의 주요 축일 중 하나인 만성절All Saint's Day로, 폴란드에서는 며칠
전부터 공동묘지를 찾는 사람들로 가득했고 시내의 일부 도로 구간을
통제하기도 했다. 베를린의 분위기는 죽은 이를 경건하게 추모하는
폴란드의 분위기와는 매우 대조적이었다. 공기 중에 〈자유〉라는 단어가
둥둥 떠다니듯 공원 곳곳에 음악과 춤과 흥얼거림이 가득했다. 어쩌면
지난 2004년 현 베를린 시장 클라우스 보베라이트Klaus Wowereit가 〈베를린은
가난하지만 섹시하다Berlin ist arm, aber sexy〉고 말한 이유인지도 모르겠다.
베를린은 이달 말 다시 올 거다. (2015. 11. 1)

바트 키싱엔Bad Kissingen까지 가는 아우토반은 도로 상태나 교통상황
모두 최고였다. 시속 140킬로미터로 당겨도 옆의 봉고차가 날 가뿐히
추월했다. 갑자기 심한 정체 구간이 나타났는데, 그 구간의 끝에는 직전에
사고가 났는지 휴지처럼 구겨진 트럭이 갓길에 놓여 있었다. 이 길이
천국이자 동시에 지옥일 수 있다는 생각에 무서웠다. 지옥을 벗어나
한적한 지방 도로로 진입해 1시간을 더 달린 후 프랑크푸르트 근처의

작은 도시, 바트 키싱엔에 도착했다.

나를 맞아 준 인숙은 전주에서 게스트하우스 〈오래된 미래〉를 운영하는
주인장 시현이 소개해 줬다. 전에 여행 계획을 말씀드렸을 때부터
독일에 친구가 있다며 안부를 부탁했었다. 그녀의 첫인상은 수녀님
또는 비구니가 연상될 정도로 치장한 것이 없이 수수한 얼굴에 맑은
기운이 감돌았다. 실제로 불교에 관해 공부하며 한국이나 미얀마 등의
절에서 지낸 적도 있단다. 인도에서 수련을 하던 중에 만났다는 남편
안드레아스는 근처 병원의 정신과 의사다.

집이 비교적 높은 경사지에 있어 뒤로는 숲을, 창문은 시내를 면하고
있었다. 새벽엔 천창을 통해 들어온 달빛이 너무 눈부셔 깨기도 했다.
빛이 미치지 않는 반대편 하늘에는 별이 제법 많이 보였다. 어릴 적 지리산
밤하늘 이후로 오랜만이다. 이곳에서 금요일까지 쉰다. (2015. 11. 2)

여정 초반 다양한 사건 사고로 시끌벅적했던 마음이 러시아를 지나
노르웨이의 멋진 풍경 앞에서 그 정점을 찍고, 서유럽으로 넘어오면서
잠잠해졌다. 이제는 거대한 자연이나 웅장한 건축물보다 사람들의 풍경
속에 감탄할 때가 더 많다. 더불어 스스로의 내면을 돌이켜 보는 시간을
가질 수 있어 좋다. 달리는 동안은 두 손과 발이 브레이크와 기어, 클러치
조작으로 묶여 있어 사실상 내가 할 수 있는 것은 오직 생각뿐이기도
하다. 이걸 들은 인숙은 〈몸을 앞세워 하는 수행〉 같다고 했다.
어쩌면 난 그저 바이크에 앉아 스로틀만 당기고 있는 것은 아닐까.
나는 그대로 있고, 그 앞에 놓인 커다란 스크린을 통해 다양한 풍경이
담긴 영상이 재생되는 것은 아닌지 모르겠다. 물론 온몸에 부딪히는

바람과 차체에서 느껴지는 진동을 통해 〈진짜〉라고 생각을 하지만, 뇌가 인지하는 그 느낌을 신뢰할 수 있을까. 앞으로 집까지 돌아가는 동안 이 〈수행〉을 더 지속할 수 있다면 번잡한 마음을 차분하게 붙잡고 싶다. 집을 떠날 때 안고 온 불안을 길에서 많이 버렸음에도 새로운 불안이 빈자리를 채운다. 무언가 깨달은 것이 있다면 불안不安은 결코 사라질 수 없다는 점이다. 말 그대로 편안하지 않은 상태일 뿐이다.

> 어느 날 신광神光이라는 스님이 찾아와 이렇게 말했습니다. 「저의 마음이 불안합니다. 바라건대 스님께서는 부디 불안한 저의 마음을 편안하게 해주십시오.」 「그대의 불안한 마음을 내게 가져오너라. 그러면 내가 그대를 위해 마음을 편안하게 해주리라」 달마 대사가 대답했습니다. 달마의 이 같은 대답에 신광은 다시 말했습니다. 「스님, 불안한 마음을 아무리 찾으려 해도 찾을 수가 없습니다.」 「내가 그대를 위하여 불안한 그 마음을 편안하게 해주었느니라.」
> (인해, 「안심법문安心法門」, 『월간 반야』, 2005. 12)

바트bad는 온천을 의미한다. 이미 16세기부터 바트 키싱엔에 본격적인 스파가 만들어졌고, 19세기엔 당시 오스트리아, 러시아, 바바리아의 왕들이 치유 또는 휴양을 위해 이곳을 찾았다. 인숙은 현재 온천 치료를 포함한 요양 시설이 많아 독일 전역에서 노인들이 특히 많이 방문한다고 덧붙였다. 스파에 가진 않았지만 머무는 동안 주로 글을 쓰거나 근처 숲을 산책하고 시내 수영장에 다녀왔다. 좋은 공기와 건강한 음식 속에 내 몸과 마음 역시 충분히 쉬었다. 장소가 주는 독특한 기운도 있겠지만 무엇보다 함께 지낸 인숙과 안드레아스 부부의 평온한 분위기 덕분이다.

한편 이 평화로운 마을에서 마음이 조마조마했던 적이 딱 한 번 있다. 라마Llama를 보여 주겠다고 해서 인숙을 따라 이웃집 목장에 갔다. 생전 처음 보는 라마들이 열 마리 넘게 있었다. 이곳 주인 아저씨는 주로 컴퓨터로 일을 하는데 이들 먹이를 챙겨 주고 보살피다 보면 본인 마음도 정화된다고 했다. 바트 키싱엔을 떠나기 전날 해가 서서히 질 무렵 라마들을 가까이 보고 싶어 울타리를 넘어 목장 안으로 들어갔다. 내 호기심보다는 이들의 호기심이 더 컸나 보다. 나와 맞먹는 덩치의 라마 여덟 마리가 서서히 나에게 다가오면서 순간 정적이 흘렀다. 1:8의 대치 상황. 경계해야 할 것은 그쪽이 아니라 이쪽이라는 판단이 섰다. 라마는 침을 뱉는다는 말은 들은터라, 여기서 등을 보이면 이들이 내 등짝에 무언가 뱉을지도 모른다는 공포에 조심스레 뒷걸음했다. 마음이 쪼들리는 것도 한순간이다.

다음 날 아침 모터사이클 시동을 거는데 인숙이 〈처음 볼 땐 너도, 바이크도 엄청 커 보였는데 이제 보니 작네〉라며 배웅해 줬다. 그 말의 의미를 온전히 알 수는 없지만, 함께 머무는 동안 내게 붙어 있던 거품이 많이 빠진 의미라면 좋겠다. 인숙과 안드레아스 덕에 마음에 관한 좋은 글과 자료를 접했다. 이들을 소개하여 준 시현에게도 감사하다. 이제 아헨Aachen으로 떠난다. (2015. 11. 3~6)

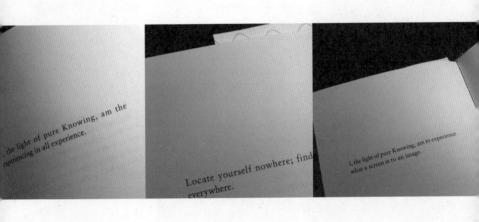

, the light of pure Knowing, am the experiencing in all experience.

Locate yourself nowhere; find everywhere.

I, the light of pure Knowing, am to experience what a screen is to an image.

자신을 어디에도 두지 마십시오

모든 것에서 자신을 보십시오

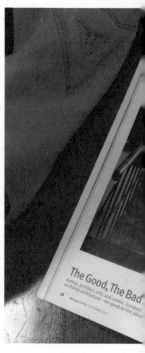

폴란드 바르샤바와 포즈난.
그리고 최근 바르샤바에 지어진 건축물에 대한 기사.

>>

여기는 베를린.

헬레리의 집.

베를린 마인블라우 갤러리.
한 달 뒤 이곳으로 다시 와서 공연을 했다.

독일 바트 키싱엔. 인숙과
안드레아스의 집.

¶

아헨에서 나흘을 머물렀다. 독일 서쪽 끝에 있는 도시로 차로 10분만 더
가면 네덜란드와 벨기에 국경이 나온다. 이곳에서 고등학교 친구 주영을
만날 수 있었다. 주영은 현재 아헨 공과 대학 연구소 소속으로 부인과
함께 지난 봄에 왔다. 그의 초대로 집에서 저녁을 먹고 다음 날 조깅을
하고, 클래식 공연도 함께 봤다. 프로그램 중에 베토벤 「피아노 협주곡
4번 G장조」와 스트라빈스키의 「불새The Firebird」가 있었는데, 그중 팀파니의
연주가 인상적이었다. 빈도가 많은 편은 아니지만, 연주자의 눈과 귀는
늘 곡의 흐름을 성실하게 좇고 있었고 적재적소에 적확한 힘으로 북을
두드렸다. 힘찬 북소리가 곡의 분위기를 바꾸거나 고조시켰다. 연주를
듣던 중에 학창 시절 주영의 모습이 떠올랐다. 돌이켜 보면 겉으로
모범생인 척했던 나에 비해 학업이나 품행에 있어 본받을 만한 점이
많은 친구였다. 1년 동안 교실에서 지켜봐 온 누구보다 성실했다. 성공에
이르는 길에는 여러 방법이 있겠지만, 아마도 그는 성실하게 공부하는
방법을 택한 것 같다. 그에겐 좋은 태도가 있으므로 결국 그 길을
정답으로 만들 거라 믿는다.

한편 호스텔에서 캐나다 출신의 도보 여행자 빈센트를 만났다. 잠은 주로
캠핑이나 카우치서핑을 통해 해결하는데 독일에서 거주지 등록을 위해
잠시 여기서 지내는 중이라고 했다. TV 리포터로 5년 정도 일했다는

---

[*]   바트 키싱엔의 어느 조각 공원에서 마주친 작품 제목 「얼마나 더 가야 하는지Wie Weit
Noch」에서 따왔다. 정작 어떤 모양이었는지 기억이 나진 않는다.

빈센트는 여행하는 동안 만난 사람들에게 〈여정 중에 얻은 교훈life lessons during the journey〉이 있다면 틈틈이 인터뷰를 요청한다며 내게도 이야기를 들려달라고 했다. 불쑥 녹음기를 주머니에서 꺼내기에 하루만 더 시간을 요청했다. 한국어로 말해도 횡설수설인데, 심지어 영어로 말하려니 미리 정리해 두는 게 나을 것 같았다. 다음 날 아침 이렇게 대답했다.

〈모터사이클로 서울을 떠나 여기까지 오는 동안, 처음엔 차량에 관련된 사건들을 겪었어. 바이크에 붙은 짐을 잃어버렸다가 되찾기도 하고, 부품이 고장나면 고치기도 하고. 한 번은 짐을 도둑 맞기도 했어. 그러면서 배운 점은 무슨 일이든 일어날 수 있고, 모든 문제에는 해결 방법이 있다는 사실이야. 이번 여행은 나에게 팀플레이 같아. 길에서 만난 좋은 사람들이 내게는 든든한 팀원이야. 그들이 없으면 난 아마 아무것도 할 수 없었을 거야. 그러니까 절대 핸들을 놓아선 안 돼. 방향을 잘 잡고 앞으로 나아가야 해. 그래서 여기까지 무사히 온 것 같아.〉

그는 긴 여행 동안 고독을 어떻게 대하냐고how to deal with loneliness도 물었다. 주로 모국어로 된 글을 읽거나 쓴다고 답했다. 다른 방법은 잘 모르겠다. 조깅도 심지어 혼자면 외롭더라. (2015. 11. 6~9)

아헨에서 1백 킬로미터 떨어진 뒤셀도르프Düsseldorf로 이동해 일본 무용수 히나코를 다시 만났다. 함부르크에서도 자신의 빈 집을 제공했었는데, 뒤셀도르프로 이사 왔다며 고맙게 다시 초대해 줬다.

이 도시에 짧게 머무는 동안 탄츠하우스 NRWTanzhaus NRW에서 전문 무용수를 위한 공개 수업에 참석할 기회가 있었다. 그때그때 안무가가 지어 나간 동작을 따라 하고, 그걸 기술적으로 어떻게 표현하느냐에

중점을 둔 수업이었다. 당연한 이야기지만 수강생 중 내가 가장 뒤처졌다. 중간에 잠깐 들어온 거라 앞 과정을 모른 채 수업을 따라가기 급급했고 동작의 방향이나 순서조차 제대로 외우지 못했다. 나는 이곳을 스쳐가는 나그네라는 생각이 잠시 자괴감을 덮었지만 연로하신 백발의 할머니도 나름의 호흡으로 열심히 몸짓에 임하는 모습을 보며 허허 웃을 수만은 없었다. 수업이 끝난 뒤 다른 스튜디오에서 발레 수업을 들은 히나코와 베를린과 뒤셀도르프를 오가며 발레를 가르치고 있다는 강사와 함께 점심을 먹으며 많은 이야기를 들었다. 〈모터사이클 여행〉이란 방식을 통해 러시아를 비롯해 유럽의 여러 현지인을 만났듯, 〈무용〉 또한 다른 언어나 문화권을 이어 주는 좋은 매개체가 되고 있다. 이 여행이 한 편의 멋진 춤이 된다면 얼마나 좋을까. 공개 수업 때 마음과 따로 놀던 내 몸뚱이를 생각하니 과연 베를린에서 제대로 공연할 수 있을지 걱정이 뭉게뭉게 피어나기 시작했다. (2015. 11. 9~10)

룩셈부르크를 지나 프랑스로 진입해 A31번 도로를 따라 디종Dijon으로 향했다. 도착하기 1백여 킬로미터 전부터 안개가 자욱했고, 기온도 덩달아 내려갔다. (2015. 11. 11)

남쪽으로 내려가면 더 따뜻할 줄 알았는데 아침에 출발할 때 기온이 2.5도, 1백 미터 앞이 보이지 않을 정도로 안개가 자욱했다. 다행히도 론알프스 지역 생테티엔Saint-Étienne을 지나 피르미니Firminy로 갈수록 구름이 개더니 점점 바람이 훈훈해졌다. 르코르뷔지에Le Corbusier의 피르미니 성당Église Saint-Pierre을 둘러보고 다시 이동했다. 몽펠리에Montpellier 도착, 기온은 17도였다. (2015. 11. 12)

가을쯤 베를린에서 만나기로 한 송주원 안무가를 예상보다 다른
장소에서 일찍 만났다. 안무가와 함께 공연하러 온 핸드팬 연주자 성은과
아림도 만날 수 있었고, 이후 베를린에서 함께 공연했다.

점심에 랑그도크루시용Languedoc-Roussillon 지역의 남쪽으로 더 내려가 지중해
연안을 둘러보고, 에그모르트Aigues-Mortes에 들러 양송이버섯과 토마토,
아보카도 등을 샀다. 장바구니처럼 모터사이클 알루미늄 박스에 식재료를
넣고 돌아오는 길이 즐거웠다. 음식을 함께 나눌 사람이 있고, 그 식탁을
위해 장을 보는 소소한 기쁨을 여행 중에 알았다. 몽펠리에 북쪽에 면한
작은 마을 클라피에로 다시 움직였다. 코레디시 페스티벌* 때문에 제법
많은 한국인들이 작은 성당에 모여 있는 풍경이 낯설었다. 7시쯤 공연이
시작됐고 제대로 갖춰진 무대 공간은 아니었지만 성당 특유의 공기와
성은이 연주하는 핸드팬의 공명이 안무가의 몸짓과 잘 어우러져 공연을
마무리지었다. 그동안 서울에서 워크숍이나 작업 준비로 안무가를 만난
적은 있어도 그의 공연을 직접 본 것은 처음이다. 늦은 저녁엔 점심에 사
온 버섯과 류블랴나에서 샀던 트러플 소금을 곁들인 파스타를 만들어 다
함께 먹었다. (2015. 1. 13)

한편 그날 밤 파리에서는 동시다발적으로 테러가 발생해 130여 명이
숨졌다. 프랑수아 올랑드 대통령이 자정경 국가 비상사태를 선포하며

---

* Festival Coree d'ici. 〈여기 한국이 있다〉는 뜻으로 한국 문화를 소개하고 한국과 프랑스 예술가
간의 교류를 지원하려는 목적으로 프랑스 몽펠리에를 중심으로 개최된 한국 문화 페스티벌이다. 민간
기관인 프랑스 코레그라피Coreegraphie(예술 감독 남영호)와 한국 난장컬처스(예술 감독 주재연)의
주관으로 2015년 11월 12일부터 22일까지 열렸다. 〈한불 문화 수교 130주년 기념의 해〉 인증 사업 중
하나이다.

국경을 봉쇄하겠다고 발표했고, IS Islamic State Iraq Syria(극단주의 무장 조직 이슬람 국가)가 자신들의 소행이라고 밝혔다. (2015. 11. 13)

그 처참한 소식을 아침에 접했다. 다행히 파리에 직접적으로 아는 친구들은 모두 무사한 것 같았고, 주말 오전의 몽펠리에 시내는 여전히 평화로워 보였다. 페스티벌 일정이 끝나면 다시 파리를 경유해 베를린으로 넘어가야 하는 송주원 안무가와 성은, 아림 일행은 항공권을 확인하느라 경황이 없었고, 난 짐을 싸서 국경을 향해 일단 떠났다. 달리는 동안 한낮 기온이 22도라니 믿기지 않았다. 불과 일주일 전만 해도 추운 날씨 속에 어찌 이동해야 할지 걱정이 컸는데 이 정도면 거의 동해항에서 출발할 때 기온과 비슷하다. 해가 지기 전에 루르드 Lourdes에 도착했고, 내비게이션에 숙소 위치를 잘못 입력한 탓에 한 시간 반을 헤맨 뒤 겨우 숙소를 찾았다. 해는 이미 피레네 산맥에 가려 보이지 않았다. (2015. 11. 14)

루르드는 성모의 발현으로 유명한 가톨릭 성지 순례 장소다. 그동안 성당에 들를 때면 늘 여정의 안전을 위해 기도했는데, 이번에는 전날 테러로 희생된 사람들을 위해 손을 모았다. 이렇게 평화로운 곳에서 평화를 간절히 빌어야 하는 역설적인 상황이 끔찍했다.

언젠가 친구와 사람의 본성에 대해 이야기한 적이 있다. 금융 시장에 관심이 많고 조직 행동 이론에 대해 한창 공부 중인 친구는 시장을 오래 관찰하다 보니 성악설을 믿게 되었다고 했다. 불합리와 혼돈으로 가득 찬 세상에서 그 편을 택하는 쪽이 덜 실망할 것 같다고 덧붙였고, 그 이유에 대해선 나도 동의했다. 독일의 철학자 쇼펜하우어는 삶은 고통의 연속이며 행복은 고통이 덜한 상태라고 했다. 물론 그 표면적인 말 뒤엔 궁극적으로 고통의 〈초월〉을 지향한다는 의미가 담겨 있다.

서로가 복수의 명분으로 불특정 다수를 공격하는 상황에서 평화란 애초에 불가능한 허상이 아닐까. 당장 목숨이 위태로운 상황에서 자신의 목숨조차 〈초월〉할 수 있는 것이 인간으로서 가능할까. 이곳을 방문한 많은 관광객들이 성수聖水를 뜨는 동안 내 마음은 그 어떤 대답도 띄우지 못했다. 가톨릭조차 한때 성전聖戰이라 지칭하며 이슬람 세계를 침략하던 때가 수차례 있었다. 지금의 IS나 당시 십자군이나 과연 인간이 선하다면 이런 집단은 존재하지 않았을 것이다.

무거운 마음을 뒤로한 채 현실로 돌아왔다. 체인을 닦고 숙소로 돌아와 스페인으로 넘어가는 국경이 정말로 닫혔는지 물었다. 직원 말에 의하면 어제는 닫혔는데 오늘은 본인도 모르겠단다. 과연 공항, 항구를 비롯해 주요 도로까지 프랑스의 그 많은 국경을 닫는다는 것이 가능할까? 어쨌든 오늘 저녁엔 스페인 팜플로나에 도착해야 하고 다음 주엔 바르셀로나에 가야 한다. 그래야 모터사이클 운송 스케줄을 맞출 수 있다. 일단 피레네 산맥을 넘을 생각으로 시동을 걸었다. (2015. 11. 15)

독일 아헨

>>

탄츠하우스 NRW에서의 무용 워크숍.

>>

>>

저 멀리 피레네 산맥이 보인다. 저곳을 넘으면 스페인이다.

¶

검문이 심할 것 같은 고속도로 대신 피레네 산맥을 굽이굽이 넘는 좁은
길을 경유하기로 정했다. 도중에 맞은편에서 오는 스페인 번호판의 차를
보고 국경은 폐쇄된 게 아니라고 확신했다. 파리 테러와 동시에 프랑스
국경 폐쇄 소식을 접한 지 이틀 만에 국경 지대에 도착했다. 역시 아무도
없었다. 한편 오랜만에 모터사이클로 달리는 즐거움을 만끽했다. 3백
킬로그램이 넘는 덩어리가 한쪽으로 심하게 기울어져도 넘어지지 않은 채
도로에 쫀득하게 붙어 곡선 도로를 달리는 느낌은 늘 새롭다. 그 현상을
물리 법칙으로 설명할 수도 있지만, 실제 내 몸으로 느끼는 것은 바람과
엔진 소리 그리고 화창한 하늘 아래 좌우로 출렁이는 지평선뿐이다.
순조롭게 산을 넘고 나니, 루르드에서부터 시야 왼편에 거대하게 자리
잡던 산맥이 어느덧 오른편으로 자리를 바꾸더니 서서히 작아졌다.
나중에 도시 초입에서 스페인 경찰의 간단한 검문이 있긴 했다. 국도와
고속도로 그리고 산티아고 순례길Camino de Santiago을 지나쳐 팜플로나에
도착했고, 건축과 후배 수연이 맞아 줬다. 먼 길을 왔다며 내 성을 본떠
카미노데손티아고Camino de 'Son'tiago라고 농담을 했다. (2015. 11. 15)
팜플로나에서 하루 쉬는 동안 시내를 가볍게 뛰고, 미루던 항공권을
구매했다. 바르셀로나에서 베를린으로, 베를린에서 도쿄로 그리고 다시
서울로. 집까지 가기 위해 비행기를 세 번 타야 한다. 저녁엔 수연이 공부
중인 나바라 대학교Universidad de Navarra 건축과에서 일본의 유명 건축가 구마
겐고隈研吾의 초청 강연을 함께 들었다. 지난 2011년 일본 도호쿠 대지진을

>>

언급하며, 당시 자연환경에 순응해 설계했던 건축물이 비교적 피해를 덜 입었다는 내용으로 시작된 강연은 대지진 이후 작업들을 주로 소개하는 내용으로 진행되었다. 그는 가급적 공사 현장 지역에서 생산되는 재료를 사용하고, 재료의 물성이 어떻게 구조적으로 기능하는지 꾸준히 실험했다. 그리고 이를 구축 과정에 적용시킨 사례를 소개했다. 그 작업을 통해 건축가의 고집을 엿볼 수 있었다. 강연은 간단하면서도 핵심적인 단어들을 사용해 이해하기 쉬웠고, 틈틈이 농담도 던져 자칫 딱딱해질 수 있는 교실의 공기를 부드럽게 했다. 직접 이야기를 들으며 그의 당당함과 여유를 느꼈다. (2015. 11. 16)

수연이 추천한 토마토와 올리브 오일을 이용해 샐러드와 오믈렛을 만들어 먹었다. 그 어느 지역보다 맛과 향이 훌륭해서 나중에 모터사이클 양쪽 박스에 올리브 오일을 가득 실어 부산항으로 보내고 싶을 정도다. 속을 든든히 채우고 바르셀로나를 향해 떠났다.

점심 때 휴게소에 바이크를 세우고 잠시 쉬었다. 그때 바로 옆에 서 있던 앰뷸런스 한 대가 기억에 남는다. 50대 후반으로 보이는 중년 여성이 햇볕을 쬐며 포장해 온 파스타로 끼니를 때우고 있었다. 그녀의 표정에는 장거리 주행에 지친 듯 따분함이 묻어났다. 차 안에는 어머니로 추정되는 나이 지긋한 백발의 할머니가 호흡기를 착용한 채 누워 있었다. 천천히 숨을 쉬는 중인지 잠든 것인지 구분할 수 없었다. 어쨌든 이들은 큰 병원으로 가는 중으로 보였다. 자세한 속사정까지 알 수는 없지만, 잠시나마 마주한 앰뷸런스의 모습을 통해 〈죽음〉이라는 추상적인 단어가 담담히 표현된 장면을 본 느낌이다.

지난 2015년 4월의 어느 저녁, 〈나눔문화〉의 세월호 참사 1주년 자리에서
유가족의 이야기를 들을 수 있었다. 자신을 2학년 3반 유예은의 아빠라고
소개한 유경근은 여전히 많은 사람들과 유가족이 거리에 나와 제대로 된
진상 규명을 위해 싸우는 진짜 이유가 뭔지 아느냐고 물었다. 보다 안전한
사회를 만들기 위해서? 그건 대외적인 명분일 뿐이란다. 그는 숨을 고르고
담담히 말했다. 〈잘 죽고 싶어서.〉 비극 앞에 먼저 떠나보낸 자식을 나중에
다시 만날 때 부모로서 면목이 없다고 덧붙였다. 그 말이 너무 가슴 깊이
박혀 고개를 들 수 없었고, 계속 눈가를 훔쳤다.

> 유가족은 죽을 때까지 행복해질 수 없습니다. 〈자식을 가슴에
> 묻는다〉라는 말이 있지요. 예은이는 땅속에 묻혀 썩어 없어지는
> 것이 아니라 이 심장 안에 들어와 있습니다. 제 심장이 뛸 때마다
> 예은이가 뛰고 있습니다. 보내 주고 싶어도 못 보내 줘요. 죽을
> 때까지 예은이를 껴안고 그 고통을 느끼며 살아간다는 게 자식을
> 가슴에 묻는다는 겁니다. 제가 꼭 안전 사회를 만들고 싶은 진짜
> 이유는 〈잘 죽고 싶어서〉입니다.
> 마지막 순간에 애타게 엄마 아빠를 찾았을 예은이를 만났을 때 해줄
> 말이 없습니다. 아무리 생각해도 내가 할 수 있는 말은, 예은아 정말
> 미안하다, 그런데 다른 아이들은 너처럼 죽지 말라고 아빠가 끝까지
> 노력했어. 그걸로 용서해 주면 안 되겠니, 그 말을 할 수 있도록,
> 잘 죽기 위해서 이렇게 싸우는 겁니다. (유경근, 〈세월호 참사 1년,
> 유가족과의 만남〉, 나눔문화, 2015. 4. 22)

돌이켜 보면 나 역시 언젠가 죽는다는 것을 알면서 종종 그 진실을
외면하며 살고 있었다. 아마도 불안하기 때문에 외면했을 것이다.
그리고 어떻게 살아지고 있는지 모른 채로 불안을 온전히 받아들이기엔
먹고 사느라 바쁘다는 핑계를 대고 있었다. 이제는 〈어떻게 잘 죽을
것인가〉라는 질문을 던져야 할 것이다.

오후 4시에 바르셀로나 물류 회사의 사무실에서 만나기로 한 약속
때문에 점심에 휴게소에서 한 번 쉰 것을 빼곤 무언가에 쫓기듯 달렸다.
고속도로에서 평균 시속 140킬로미터로 달리느라 시간을 번 대신 국도를
느긋하게 달릴 수 있는 여유를 놓쳤고, 통행료만 50유로로 넘게 지출했다.
어쨌든 예정대로 시간에 도착할 수 있었고, 모터사이클 운송에 대한 견적
조건과 비용에 관한 설명을 들었다. 차량은 이틀 뒤 항구 근처의 창고에
갖다 놓기로 했다. (2015. 11. 17)

나에게 좋은 전시란 좋은 질문과 영감을 주는 전시다. 지난 2000년
세종문화회관에서 열렸던 〈안토니 가우디〉 전시는 내 진로에 큰 영향을
줬다. 가우디는 자연에서 많은 영감을 받았고, 난 가우디에게 영감을 받아
건축학과에 진학했고, 엔지니어링 분야에서 몇 년간 일을 했다. 그리고
노르웨이 국립 관광 도로에 관한 전시는 이 여행의 직접적인 계기가
되었고 구체적인 구현 방식에 영감을 주었다. 이번 여행은 다음 행보에
대해 분명 좋은 화두를 건넬 것이다. 마침 비슷한 시기에 뉴욕을 여행 중인
친구도 엽서에 이런 이야기를 적었다. 여행은 좋은 포도를 향해 떠나가는
것이며, 포도를 따 시간 들여 잘 숙성시키면 일상 속에서 필요한 때에 가끔
꺼내어 마실 수 있는 제법 괜찮은 와인이 되어 있을 거라고.

전체 여정을 돌이켜 보니 크게 세 번의 변곡점을 겪었다. 첫 번째는 출발한 지 5주 만에 모스크바로 진입할 때였다. 광활한 러시아를 거의 다 지났다는 안도감을 느낄 수 있었다. 두 번째는 노르웨이 트롤스티겐 전망대에서 안개가 잠시 걷혔을 때로 이번 여행의 하이라이트였던 순간이다. 3년 전부터 그려 온 대자연이 내 시야 끝까지 펼쳐지는 경험이 믿기지 않아 심장이 평소보다 빨리 뛰었다. 마지막으로 사그라다 파밀리아 성당에서 앉아 있을 때다. 후배가 〈카미노데손티아고〉라고 농담했지만, 이곳이 내게는 정말로 고독한 순례길의 종점이다. 여러 가지 감정이 떠올라 뒤엉키고 사라지는 동안 눈물은 멈추지 않았고 한동안 의자에 앉아 계속 울었다. 가우디의 작품을 보고 건축을 공부하기로 다짐했던 열입곱 소년이 15년이 흐른 뒤 모터사이클을 타고 여기까지 올 줄은 상상도 못했다. 긴 시간, 먼 길을 돌아 여기까지 왔고 드디어 순례길이 끝났다. (2015. 11. 18)

무거운 마음과 극도의 흥분이 뒤섞인 기분으로, 우리는 마지막을 향해 출발했다. 목적지는 맨해튼이었다. 푸른 하늘 아래 뉴욕을 향해 달리는 동안 내 마음속에선 이제 정말 마지막이라는 생각에 많은 감정이 눈덩이처럼 커졌다. 잠깐 동안, 나는 이렇게 가기보다는 찰리, 클라우디오, 나 셋이서만 마지막을 장식했어야 했다고 후회했다. 우리가 보고 행한 일들을 마무리하는 데 처음 보는 40명의 다른 라이더들과 함께 달리기로 한 건 실수일지도 모른다는 생각이 들었다. 하지만 길 가득히 내 주위를 둘러싼 모터사이클의 행렬을 보자, 이것이 바로 우리에게 딱 맞는 마지막이라는 걸 깨달았다. 내 옆에 찰리가 있고, 우리가 함께 나란히 달릴 수 있다면 난 그걸로 충분했다. (중략) 허드슨 강을 따라 늘어선 찬란한 맨해튼의 스카이라인이 우리 오른편에 갑자기 나타났다. 헬리콥터 한 대가 우리와 같은 높이로 강 위를 날고 있었고 카메라맨 한 명이 문 밖으로 몸을 내밀어 우리를 찍었다. 나는 정신을 차릴 수 없었다. 눈물이 왈칵 쏟아졌다. 나는 아기처럼 울었다. 헬멧 안에서 눈물이 뺨을 타고 흘러내렸다. (이완 맥그리거 & 찰리 부어맨, 『이완 맥그리거의 레알 바이크』, 2010)

집 떠난 지 153일째, 아침에 모터사이클을 바르셀로나 항만 창고에 갖다 놨다. 비록 「롱 웨이 라운드Long Way Round」*에 나오는 것처럼 마지막 구간을 요란하게 함께 달려 주는 라이더도, 그 모습을 담는 카메라맨도 없지만 이 조용한 마무리가 마음에 들었다. 2만6천 킬로미터를 함께 하는 동안 여기까지 나를 무사히 데려다준 바이크와 사진이라도 한 장 남겨야겠다는 생각이 들었을 뿐이다. 기계에 정을 주는 편은 아닌데 작별이 이리 아쉽게 느껴질 줄 몰랐다. 어쩌면 기계에도 작은 영혼이 담겨 있지 않을까. 다섯 달이 넘는 동안 고맙게도 많은 친구들의 집에서 신세를 졌지만 그보다 더 오랜 시간을 보낸 곳은 바이크의 안장 위였고, 나의 원점이었다. 이 원점은 이제 배에 실려 한 달 뒤 부산항에 도착할 예정이다.

---

* 2004년 이완 맥그리거와 찰리 부어맨이 런던에서 뉴욕까지 모터사이클로 대륙을 횡단한 내용을 담은 영국의 유명한 TV시리즈이다. 115일 동안 3만 1천 킬로미터를 주행했다.

정작 바이크를 남기고 다시 시내로 돌아가려니 항만 지역이라 마땅한 대중교통편이 없었다. 한참을 걷다가 겨우 택시를 발견했고 올 때보다 시간이 두 배나 더 길렀다. 오후엔 한국의 친구들에게 간단히 엽서를 썼다. 모터사이클과 함께 하는 동안은 넘어지지 않기 위해 늘 달리느라 마음까지도 분주했는데, 이제는 온전히 지면에 서 있는 두 발처럼 잠잠해졌다. (2015. 11. 19)

오전에 물류 회사에 들러 모터사이클 운송 비용을 현금으로 지불하고 공항까지 걸었다. 오후 2시 15분, 다시 베를린을 향해 떠나는 비행기를 탔다. 비록 모터사이클 여행은 끝났지만 그걸 무용 공연으로 마무리 지을 수 있는 기회를 얻었다. 본 공연까지 9일밖에 남지 않았다. (2015. 11. 20)

>>

음식은 단순히 허기를 채우는 것
이상으로 마음을 달래 준다. 식탁에
놓인 1인분의 접시가 소박하고
누추할지라도 보고 씹고 삼키는
행위를 통해 무언의 대화를 나누는
기분이 들 때도 있다. 가끔 나처럼
혼자 끼니를 해결하는 사람들을
볼 때면 무엇을 먹는지 어떻게
요리하는지 유심히 보기도 한다.

스페인 팜플로나.

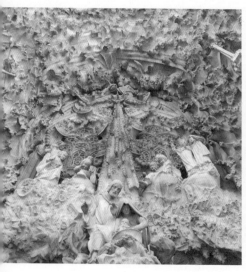
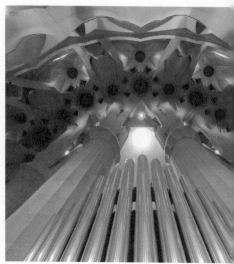

사그라다 파밀리아 성당.

To. 윤우영
강원도 철원군 갈말읍
지포리 112-8번지, 2층

Corea del Sur

¶

⌙ 첫 만남

송주원 안무가를 처음 만난 것은 2014년 7월 갤러리 팩토리에서 기획한
〈부엉학교〉에서다. 그중 현대 무용에 관련된 워크숍으로 인연이 되어
그해 10월 공연에 무용수로 참여했다. 〈바람의 뜻을 아로새기다〉란
의미를 지닌 〈풍정.각風精.刻〉 시리즈 중 두 번째 공연이었다. 〈11 댄스
프로젝트〉(2004년 창립)에서 주관하는 장소 특정적site-specific인 무용
프로젝트다. 당시 공연 장소인 이태원 MMMG(밀리미터 밀리그램)
주변에서 관객과 무용수를 맴돌던 늦가을의 잔잔한 바람이 아직도
생각난다. 이 시리즈는 이후 세 번째 이야기를 서울 도서관(구
서울시청)에서, 네 번째 이야기를 〈골목 낭독회〉란 이름으로 종로구
창성동 일대에서 펼쳤다.

⌙ 제안

2015년 10월 말, 안무가로부터 〈풍정.각〉 다섯 번째 공연에 참여할 수
있겠느냐는 연락을 받았다. 〈이동 또는 이주하는 사람들의 이야기〉인데
여행 중인 내 상황이 주제에 적합할 것 같다고 했다. 난 바르샤바에서

•   최찬숙 작가의 전시 중 노자의 『도덕경』 제76장을 인용한 부분에서 따왔다. 〈人之生也柔弱,
其死也堅強, 萬物草木之生也柔脆, 其死也枯槁, 故堅强者死之徒, 柔弱者生之徒. 살아 있는
사람의 몸은 부드럽고 연약하지만 죽은 사람의 몸은 굳고 단단하다. 살아 있는 만물과 초목은 부드럽고
연약하지만 죽은 모든 것은 말라 딱딱하다. 그러므로 굳고 강한 것은 죽은 것이고 부드럽고 연약한 것은
산 것이다.〉

바르셀로나를 향하는 중이었다. 안무가의 제안도 고마웠지만, 무엇보다 주제가 흥미로웠다. 그 호기심 때문에 베를린에서의 작업 〈풍정.각─ 마인블라우 베를린〉에 참여하게 됐다. 공연은 최찬숙 작가의 〈전환기적 정의Transitional Justice〉* 전시와 더불어 두 번 진행되는데 나는 일정상 마지막 날인 11월 29일에 참여하기로 했다.

> 〈풍정.각風精.刻 ─ 마인블라우 베를린〉은 이민, 이주, 이동을 주제로 한 도시 공간 무용 프로젝트다. 과거의 사연을 담은 인터뷰, 현재 이민을 선택한 자와 국가와 도시를 이동하는 이주자의 사연을 모티브로 삼고 있다. 그들이 〈어떤 이야기를 해왔으며 하고 있는지 그리고 지금 무엇을 이야기하고 싶은지〉 퍼포먼스를 통해 말하고 관객들에게 되묻는다. (송주원, 〈안무가 노트〉, 2015. 11. 5)

D-9

오후 비행기를 타고 베를린으로 돌아와 옛 동독의 오래된 맥주 공장을 재생시킨 페퍼베르크Pfefferberg로 향했다. 그 안에 외벽이 붉은 벽돌로 이루어진 마인블라우Meinblau 갤러리가 있다. 갤러리에 도착하니 안무가와 성은이 전날 공연 영상을 다시 보고 있었다. 오프닝 때라 관객들이 제법 많았고 공연도 잘 마쳤단다. 아림에게 전시 내용에 관해 간략히 설명을

---

* 　전환기적 정의는 어떤 〈특별한〉 정의가 아니다. 분쟁이나 억압으로부터 전환되는 시대에 정의를 어떻게 실현할 것인지에 관한 접근법이다. 이는 책임을 밝히고 피해자를 보상함으로써 피해자의 권리를 명확히 인식시키고 시민의 신뢰를 촉진하며 법률의 민주적 통치를 강화한다. (전환기적 정의 국제 센터The International Center for Transitional Justice, ICTJ).

듣고, 근처 쌀국수집에서 함께 저녁을 먹으며 이후 일정을 이야기하고
헤어졌다. 바르셀로나의 햇살과 포근한 공기가 벌써 그리워질 정도로
베를린의 공기는 차가웠다. 구름은 짙은 회색빛으로 겹겹이 쌓였고, 비가
막 그쳤는지 공기는 촉촉했다. (2015. 11. 20)

D-8, 7

베를린에서의 초반 사흘 밤은 안무가의 동료 집에서 신세를 졌고,
이곳에서 주말 동안 워크숍을 진행했다. 작업 첫날, 안무가는 작업을
시작하게 된 배경과 더불어 시 하나를 소개했다. 후반부가 이렇다.

> 바람이 분다! …… 살아야겠다! / 세찬 바람은 내 책을 여닫고, /
> 파도는 분말로 바위에서 마구 솟구치나니! / 날아라, 온통 눈부신
> 책장들이여! / 부숴라, 파도여! 뛰노는 물살로 부숴 버려라 /
> 삼각돛들이 모이 쪼던 이 조용한 지붕을!
> (폴 발레리, 「해변의 묘지」, 서승석 옮김, 1920)

안무가는 몽펠리에를 기반으로 리서치하면서 남프랑스의 항구 도시
세트Sète에서 태어나 주로 몽펠리에에서 배우고 자란 시인 폴 발레리를
선택했다. 그의 시 「해변의 묘지」 중 〈바람이 분다! …… 살아야겠다!〉라는
문장을 이번 작업의 주요 모티브로 삼고 있다고 덧붙였다. 이후 우리는
그동안 각자 어떻게 살아왔고, 이 테이블에 다 같이 둘러앉게 된 이야기를
나눴다. 아림이 먼저 이야기를 시작했다. 1991년 10월 24일 경남 거창

출생으로 고향의 옛 지명 아림娥林(아름다운 숲)이 그대로 이름이 되었다. 간단한 작명 과정과 달리 유년 시절은 제법 복잡하게 흘렀다. 농사와 선교사 일을 병행하는 아버지와 학습지 교사인 어머니 밑에서 자랐다. 열한 살에 아버지의 선교 활동을 따라 인도의 기숙 학교에 다니면서 개인으로서 첫 전환기를 겪게 된다. 그 후 약 10년 동안 인도와 한국을 오가며 전학과 자퇴를 경험하고 방황했다. 그리고 2008년, 다시 인도에 갔다. 본인 의지로 간 것은 그때가 처음이었다. 인도에서 스스로 용돈을 벌며 자원봉사 활동을 하고 홀로 여행하는 동안 자신의 방황을 부모, 학교 등 외부 환경 탓으로 돌리느라 마음에 쌓여 있던 짐들이 서서히 가벼워졌다고 한다. 스무 살이 되던 해, 서울 용산구 해방촌으로 거주지를 옮기면서 본격적인 서울 생활을 시작했다. 동양 철학을 공부했고 이때 배운 것을 토대로 2013년부터 〈강가상담소〉를 운영했다. 그녀는 그곳에서 주로 사주팔자와 타로 등을 통해 사람들의 이야기를 끌어내고 풀이해 주며 몸과 마음을 치유하는 상담가healer가 되는 것이 궁극적인 목표라고 말했다. 현재는 새로운 도전을 위해 성은과 함께 베를린으로 넘어온 상황이다.

어느덧 날이 어두워졌고, 우린 꽈리고추와 마늘, 양송이버섯, 토마토와 그린 올리브를 넣은 파스타를 만들어 먹었다. 두툼한 소시지도 몇 개 구웠다. 이야기를 종합해 보니 이제 겨우 만 24세에 불과한 아림은 거의 1~2년 단위로 계속 거주지를 옮겨 왔다. 그래서 짧은 거주 기간 동안 모아 온 알맹이들을 언제 어떻게 엮을지 요즘 화두로 삼고 있단다. 현재의 상태에 대한 안무가의 질문에 아림이 대답하길, 애인과 등을 기대서서

온기를 주고받는 상태인데 각자 다른 방향을 보고 있다고 답했다. 아마도 새로운 곳에서 생활을 꾸리기 위해 각자 할 수 있는 것들을 따로, 또 같이 찾아보는 과정일 것이다.

다음 날. 이번엔 내 차례다. 아림에 비해 내가 살아온 궤적은 비교적 평범하고, 이동이 많은 편도 아니었다. 유년 시절을 파나마에서 보낸 후로 모든 교육 과정과 직장 생활을 서울에서 해결했다. 심지어 한 동네에서 20년 가까이 살기도 했다. 삶의 굴곡도 없었다. 그나마 학생 때 아버지에 대해 가졌던 열등감 또는 내적 갈등도 아버지와의 운동과 여행을 통해 서서히 극복했다. 마침 예전에 매거진 『B』의 양식을 차용해 만들어 딱 50부만 발행했던 포트폴리오 겸 매거진 『소년의 시간은 똑바로 간다』를 만들면서 그동안의 짧은 연대기를 정리한 적이 있어 그 페이지를 펼치며 설명을 이었다. 타인에게 내 삶의 궤적이 어떻게 보일지 잘 모르겠다. 다만 내 인생에 어떤 방향성이 있다면, 삶의 환희joie de vivre를 추구하는 쪽으로 정의했고 이 여행조차 그 흐름의 연속이라고 생각한다. 욕심을 부린다면 그 과정에서 파생되는 이야기를 친구와 나누며 좋은 에너지로 작용하기를 원할 뿐이다. 현재의 상태를 묻는 질문에 대해 나는 〈여행 동안 계속 이동해 왔지만 한편으론 전혀 이동하지 않은 것 같다〉고 답했다.

어쩌면 난 그저 바이크에 앉아 스로틀만 당기고 있는 것은 아닐까. 나는 그대로 있고, 그 앞에 놓인 커다란 스크린을 통해 다양한 풍경이 담긴 영상이 재생되는 것은 아닌지 모르겠다. (2015. 11. 3~6)

틈틈이 모터사이클 뒤에 카메라를 설치해 찍어 온 영상들을 봐도 그랬다.
어떤 점을 향해 영상 속 모든 풍경이 빨려 들어가고 있었는데, 그 소점消點,
vanishing point이 알랭 드 보통이 『여행의 기술』에서 언급한 〈시간의 점〉
같기도 하고, 시공간을 흡수하는 블랙홀처럼 보이기도 했다. 영국의
도예가 겸 작가인 루퍼트 스피라Rupert Spira도 자신의 저서 『디 애시스 오브
러브 *The Ashes of Love*』(1861)에서 이렇게 썼다.

> 자신을 어디에도 두지 마십시오. 모든 것에서 자신을 보십시오.Locate
> yourself nowhere; find yourself everywhere.

한편 내 이야기를 다 들은 아림이 몇 가지 날카로운 질문들을 던졌다.

1. 다시 한국으로 돌아가면 계속 집에서 지낼 것인가?
2. 아들로서 아버지에 대해 가졌던 열등감과 비교를 어떻게 극복했는지
궁금하다. 이제는 온전히 독립적인 존재라고 생각하는가?
3. 욕구에도 위계*가 존재한다면, 현 씨는 전반적으로 물질적인 하위
욕구들이 충족되어 있는 것으로 보인다. 밥벌이로 걱정해 본 적이 없는 것
같다. 그런 걱정이 없는 사람들은 평소 어떤 마음가짐인지 궁금하다. 여행
중 욕구와 관련된 결핍을 겪은 적이 있는지? 현재 무엇이 가장 시급한가?
4. 나는 누구에게나 〈지랄 총량의 법칙〉이 있다고 생각한다. 즉 모든

---

* 욕구 계층 이론Need Hierarchy Theory. 심리학자 에이브러햄 매슬로Abraham Maslow가
1943년 주창한 이론이다. 인간의 욕구가 크게 중요도에 따라 다섯 단계로 나뉜다고 보며 생리적 욕구,
안전 욕구, 소속 및 애정 욕구, 존중 욕구, 자기실현 욕구 순으로 점점 높은 수준을 향해 위계를 가진다.

사람에게는 평생 써야 하는 지랄의 총량이 정해져 있는데, 누군가는 그걸 사춘기에 다 써버리고 다른 사람은 뒤늦게 바람이 나서 문제를 더 크게 일으킬 수 있다는 것이다. 현 씨는 언제 어떻게 지랄을 부렸나?

5. 여행을 떠날 때 어떤 짐을 챙겼는지?

대체로 모든 질문에 솔직하게 답하고자 애썼고, 대답하는 동안 스스로의 답변들이 가까운 미래에 하나의 단서로 작용할 수 있겠다는 생각을 했다. 세 번째 질문은 모두가 각각 대답했다. 나와 아림은 소속감과 안정 욕구를, 안무가는 자아실현의 욕구를 꼽았다.

거실 구석의 라디에이터가 부지런히 돌아가며 공기를 덥히느라 실내는 건조해졌다. 바깥에는 함박눈이 내리고 있었다. 창문을 여니 찬 공기가 얼굴을 감쌌다. 오스트리아 티롤 산맥을 지날 때 잠시 눈발을 마주쳐 당황했었는데 그게 벌써 한 달 전이다. 소리 없이 쌓이고 또 소리 없이 녹아내리는 눈을 바라보다 창문을 닫았다. 첫눈에 대한 반가움보다는 내가 지금 따뜻한 실내에 있다는 사실에 안도했다.

이틀에 걸쳐 아림과 내가 이야기를 나누는 동안 각자 어떻게 이동해 왔는지 엿볼 수 있었다. 지금이 우리에겐 중요한 삶의 전환기가 될 것이다. 내일은 갤러리에서 최찬숙 작가의 전시를 보며 할머니들의 이야기를 듣기로 했다. (2015. 11. 21~22)

D-6, 5, 4

최찬숙 작가가 프로젝트를 기획하게 된 출발점은 손바닥만한 크기의 사진첩이란다. 일본에서 오신 할머니의 젊었을 적 모습이 담긴 사진 속

배경을 찾아 일본 곳곳을 다니며 현지인들의 제보 또는 우연에 의해 몇몇 장소를 실제로 찾게 되고, 그 과정에서 부용회*라는 〈일본인 처〉 모임을 알게 되었다. 그리고 이들을 위안부 할머니 집단과 함께 조명했다. 자신의 뿌리를 찾아가는 개인적인 여정이 사회적 전환기 속에 타의로 이동했던 두 희생자 집단을 다루는 작업으로 연결되는 과정이 흥미로웠다. 작가의 말처럼 워낙 전시의 재료material가 좋아서 충분히 시간을 보내며 생각을 씹고 또 곱씹다 보니 우리는 그 속에서 전쟁, 삶과 죽음, 가해자와 피해자, 민족주의, 미디어의 속성, 개인의 정체성 등 다양한 화두를 꺼낼 수 있었다. 그중 〈민족주의〉에 대한 화두는 전성태의 글에서도 드러난다.

〈일본인 처〉들을 둘러싸고 있는 민족주의는 블랙홀과도 같다. 애국주의와 자민족주의, 국가와 개인, 과거와 현재가 한데 뒤섞여 버리는 불가해한 체험을 하게 한다. 지금까지 일본 혹은 일본인에 대한 민족 감정은 역사적 체험에서 온 저항적인 민족주의로서 정당성이 있었다. 그러나 또한 우리의 민족주의는 편협하고 배타적인 자민족주의의 색채도 강하게 띠고 있음을 부인할 수 없다. 타자에 대한 우리의 〈구별〉의 시선은 곧장 〈차별〉의 시선이 되고 만다. 〈일본인 처〉 문제는 우리의 강한 민족주의의 얼굴을

---

* 芙蓉會. 일제 강점기에 한국인 남성과 결혼해 한국으로 건너왔거나 광복 이후 한국인 남편을 따라 바다를 건너온 일본인 여성들 가운데 귀국하지 않고 한국에 머문 이들을 통칭해 〈일본인 처在韓日本人妻〉라 한다. 이들이 모임인 〈대한부인회〉가 1960년대 초 이름을 바꿔 부용회가 되었다. 최근 기사에 의하면 1960년대 부산에만 일본인 여성 5~6백여 명이 살았으나, 현재 부산에는 할머니 4명만이 남아 있다고 한다.

되비춰 주는 거울이다. (전성태, 「역사의 경계에도 삶은 존재한다」,

국가인권위원회 웹진, 2004. 10)

비록 전시장에는 위안부, 부용회 할머니 집단과 그들을 다룬 미디어가
놓여 있었지만 그 이면에는 누구도 피해 갈 수 없는 질문이 있었다.
격변하는 사회의 전환기 속에서 자신의 정체성을 어떻게 지킬 것인가?
미디어에 의해 보이는 개인의 기억과 증언 그리고 각자의 주장 사이에서
온전한 자기 객관화 또는 자기 수용은 가능한가? 돌이켜 보면 오랜 시간을
두고 누군가의 전시를 본 적이 처음이었고 아마도 마지막 경험일 것이다.
이때 생각 중 일부를 「누가 우리를 이동하게 하는가」란 글로 정리했다.
갤러리에서의 일정이 끝나면 자유롭게 시간을 보냈다. 월요일엔 건축과
선배와 동기를 만나 저녁을 먹고, 신이도 디렉터와 최찬숙 작가 집으로
숙소를 옮겨 하룻밤을 신세 졌다. 그리고 다음 날 성은과 아림이 머무는
집으로 다시 옮겨 공연을 마친 날까지 함께 지냈다. 수요일 저녁엔 매거진
『B』팀을 만났다. 한편 바르셀로나의 물류 회사로부터 선하증권Bill of
Lading이 들어 있는 메일도 한 통 받았다. 11월 25일에 모터사이클을
선적했고 이르면 12월 26일 부산항에 도착할 예정이란다. (2015. 11. 23~25)

D-3

공연이 코앞으로 다가왔는데, 정작 몸을 한 번도 쓰지 않아 슬슬 조바심이
났다. 워크숍은 이번 공연을 주관하는 논 베를린NON Berlin 갤러리에서
진행됐다. 그동안 아림과 내가 각자 살아온 여정 그리고 전시를 통한

>>

할머니들의 이동 및 이주에 대해 이야기를 나눴다면, 이제는 각자의 현재로 돌아와 구체적인 몸짓을 만들어야 했다. 이제부터의 창작 과정은 논리나 체계와는 거리가 멀었다. 안무가는 내가 보는 나와 타인이 보는 나에 대해 자유로운 방식으로 표현하라고 했고 난 그림을 그렸다. 사회에서 내가 수행하는 여러 역할이 조각처럼 놓여 있다면, 그 조각들 사이로 난 구불구불한 길을 모터사이클 여행자인 현재의 내가 지나는 모습이다.

안무가는 다시 물었다. 〈여행 전에는 신체 어느 부위를 가장 무겁다고 느꼈는지, 그리고 여행 중 무게 중심에 대해 변화가 있는지?〉 회사원으로 지낼 땐 전반적으로 머리가 가장 무거웠는데, 지금은 무게 중심이 골고루 퍼진 것 같다고 답했다. 모터사이클 운행을 위해 두 손과 발이 클러치와 기어, 스로틀과 브레이크를 잡느라 바삐 움직이기도 했다. 그렇게 무게 중심을 바꿔 가며 균형을 새로 찾는 과정을 8개의 기본 안무 요소element로 다시 추렸다. 〈기울어지다, 멈추다, 내려가다, 떨어지다, 견디다, 무겁다, 가볍다, 당기다.〉 그리고 각 요소에 구체적인 몸짓을 붙였다. 아림 역시 비슷한 과정을 거쳐 자기만의 몸짓을 다듬어 갔다.

1부터 8까지 적힌 종이를 무작위로 던진 후 하나씩 주운 숫자들을 노트에 옮겨 적기도 했다. 이들은 동작의 순서가 되거나 반복하는 횟수가 되기도 했다. 그 숫자들이 어떤 장면을 만들지 아직 모르지만 일상 속의 기본 동작을 추리고 그것을 우연성에 의해 즉흥적으로 조합하는 방법은 〈풍정.각〉 두 번째 공연을 준비하면서 엿본 적이 있다.

연습 과정을 지켜본 안무가는 본인의 시선과 몸 구석구석에 힘을 실어

내가 지금 신체 어느 부위에서 어떤 동작을 취하고 있는지 알고 스스로
판단해 춤출 것을 주문했다. 무용수가 자신의 몸짓에 집중하지 않는다면,
관객들은 그 순간을 귀신 같이 눈치챌 거라고 했다. 한편 움직임이
계속될수록 그동안 나눈 이야기가 자연스럽게 휘발했고, 몸짓에는 나름의
단단함이 남았다. 이제는 이야기를 직접 전하려고 움직이는 것이 아니라,
몸짓 자체가 독립하여 관객에 따라 새로운 이야기로 해석될 수도 있을 것
같다. (2015. 11. 26)

> 도저히 말을 할 수 없는 상황에 처할 때가 있습니다. 그저 힌트를 줄
> 수밖에 없죠. 사실 말이라는 것도 뭔가를 떠올리게 하는 것 이상은
> 할 수 없어요. 그렇기 때문에 춤이 필요한 거죠. (독일 무용가, 피나
> 바우슈)

D-2

오후 2시, 다시 마인블라우. 전시를 관람하던 공간이 이제는 무대로
보인다. 2개 층으로 이루어진 갤러리는 2층 바닥이 일부 뚫려 있어, ⟨ㄴ⟩
자로 된 통로를 통해 1층까지 볼 수 있는 구조다. 천창이 달려 있고 그
아래 공간을 흰색의 벽과 회색의 바닥이 감싸고 있었다. 갤러리 곳곳에서
움직임을 연습하고 동선을 점검하고 시간을 쟀다. 그렇게 장면을
하나하나 지어 나갔다. 갤러리가 문을 닫은 뒤엔 우리끼리 남아 그동안
만든 장면을 모두 붙여 한 번에 가보며 동선과 시간을 확인했다. 아직
20% 정도 비어 있는 느낌이었다. 그렇게 첫 리허설을 마치니 밤 9시였다.

아림과 나는 숙소로 돌아갔고 안무가는 좀 더 정리할 것이 있다며 컴컴한 갤러리에 남았다. (2015. 11. 27)

D-1

애써 감춰 둔 불안과 초조한 마음이 엉뚱한 곳으로 튀었다. 서울에 있는 가족과 메신저로 연락을 주고받다가 귀국 일정을 앞당길 수 있느냐는 부모님의 질문에 나도 모르게 예민하게 반응했다. 그 무렵 가족들은 이사 준비로 한창 바빴고 내 머리 속은 당장 내일로 닥친 공연 생각뿐이었다. 오후 4시부터 11시까지 연습하는 동안 전체 윤곽이 잡혔다. 이날은 성은도 합류해 핸드팬을 연주했다. 음악에 맞춰 춤을 추거나 춤에 맞춰 음악을 연주하는 것은 아니지만 그 조합이 만들어 내는 결이 좋았다. 리허설을 반복할수록 마음은 차분해졌으나, 정작 안무가의 표정에는 수심이 가득했다. 작업만 신경 써도 쉽지 않은 상황인데 내일 공연에 대한 홍보와 촬영 문제로 분주한 모습이었다. 이제 하루 남았다. 모든 혼돈스러운 과정이 지나면 춤과 음악만 남을 것이다. (2015. 11. 28)

D-DAY

오전 10시 반, 리허설 및 촬영. 오후 5시, 본 공연.
전문 무용수가 아닌 우리를 무대에 세운 안무가의 의도는 무엇일까? 이번 작업은 무엇보다 각자를 위한 것이라고 안무가는 말했다. 그리고 워크숍 때 이렇게 말하기도 했다. 〈춤을 통해 스스로에 대한 질문이 더 많아졌으면 좋겠다.〉

본 공연 때 나는 충분히 몰입할 수 있었다. 그 이유는 안무가의 의도대로 내 몸이 작동했기 때문이다. 내 시선은 눈동자와 피부 색깔이 다른 관객들을 지나 나의 내면을 향했다. 그동안 마주한 여러 질문 속에 나는 여전히 답을 구하는 중이지만 무엇보다 내가 왜 춤을 추는지 알고 있었다. 핸드팬의 울림이 바람 속에 은은히 퍼지면서 마지막을 장식한 안무가의 몸짓과 더불어 관객의 박수 속에 공연이 끝났다. 부드러운 눈물이 눈가에 머물렀고 단단해진 마음을 감쌌다. (2015. 11. 29)

넉넉지 않은 여건에도 불구하고 여러모로 작업을 지원해 준 논 베를린과 마인블라우, 그리고 이 작업을 가능하게 만들어 주신 송주원 안무가에게 이 글을 바친다.

사회에서 내가 수행하는 여러 역할이

조각처럼 놓여 있다면,

난 그 조각들 사이로 난 구불구불한 길을

모터사이클로 지나고 있다.

공연까지 9일 남겨두고 다시 베를린으로 왔다.

Exhibition   WE remember ME Chan Sook Choi
Performance 風情.刻 in Meinblau Berlin by 11 danceproject
Konferenz   Nordkorea im Wande / Staatliches Unrecht, Aufar

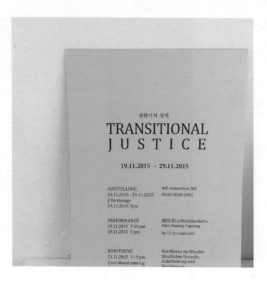

도저히 말을 할 수 없는 상황에 처할 때가 있습니다. 그저 힌트를 줄 수밖에 없죠. 사실 말이라는 것도 뭔가를 떠올리게 하는 것 이상은 할 수 없어요. 그렇기 때문에 춤이 필요한 거죠. - 피나 바우슈

ⓒNON Berlin

¶

여행 중 많은 사람들에게 신세를 졌다. 이때의 신세란 호스텔 등의
숙박업소를 제외하고 현지인으로부터 잠잘 곳을 무료로 제공받은 것을
말한다. 러시아에서는 길에서 마주친 라이더의 소개로 바이크 클럽이나
그들의 집에서 지냈고, 유럽에서는 원래 알고 지낸 친구나 선후배 또는
여행 중 만난 유러피언들이 자신의 도시로 초대하는 식으로 호의를
베풀었다. 여건이 된다면 카우치서핑도 활용했다. 돌이켜 보니 전체
여행 기간 177일 중 절반 이상인 98일, 31곳을 그렇게 신세 졌다. 불특정
다수와 짧게는 하루, 길게는 일주일 동안 함께 지내고 먹는 동안 이들의
생활 방식이나 문화를 엿볼 수 있었다.

기꺼이 신세를 진 것은 지출을 아끼려는 이유 때문만은 아니다. 오히려
나를 초대해 준 친구를 위해 함께 요리를 하거나 식재료비를 보태느라
비용이 더 나갈 때도 있었다. 반 년을 홀로 다니는 동안 무엇이든 남과
나눌 때 기쁨이 커진다는 당연한 사실을 매 끼니, 식탁에서 느꼈다. 혼자
있을 때는 요리를 거의 하지 않았다. 함께 식사를 할 수 있는 누군가가
있다는 것은 정말 중요하다. 자연히 이런 물음이 생겼다. 누구와 함께 살
것인가?

여행의 마지막 목적지 지바 현 후나바시에서의 경험을 적어 본다. 동년의

---

*   대학 새내기 시절에 매우 흥미롭게 읽었던 『누구와 함께 살 것인가』(2003)란 책에서 따왔다.
〈새로운 역사 쓰기는 가장 친밀한 관계의 이야기에서 시작한다〉는 도입부의 말처럼 자신이 태어난
가족을 떠나 누구와 살지 고민하는 이십대부터 자녀를 키운 후 삶의 다음 단계를 구상하는 오십대의
글까지, 급변하는 한국 사회의 가족에 대해 다룬다. 대안문화 공동체 〈또 하나의 문화〉에서 엮었다.

배려로 일본에 머무는 동안 셰어하우스 〈플렌디셰어Plendy-Share〉에서 함께
지낼 수 있었다. 이곳은 일본 최대의 공유 주거 플랫폼 히츠지 부동산에서
운영하는 곳으로 3층짜리 다세대 주택을 리노베이션 한 후, 요리를 테마로
입주자를 모집했다고 한다. 월세는 4만3천 엔에서 4만4천 엔 사이다.
28개의 개인실로 구성되어 있으며, 각 실은 9.8제곱미터로 3평이 조금 안
되었다. 욕실, 화장실, 세탁실은 함께 썼는데 공간은 좁아도 여러 실로
나뉘어 있어 딱히 불편을 느낀 적은 없었다. 그리고 실내 금연, 친구 숙박
가능, 공용 쓰레기는 청소 업체가 수거한다는 규칙 등이 별도로 있었다.
테마에 걸맞게 집에 들어서면서부터 보이는 1층의 큼직한 공용 부엌과
거실이 인상적이었다. 그동안 묵었던 곳 중 냉장고와 수납장, 취사도구,
도마와 칼 등의 상태가 가장 훌륭했다. 홈페이지에 의하면 1년에 두세 번
공식적인 요리 교실과 파티가 열린다고 하지만 그보다 자주 자발적으로
모였다. 짧게나마 머문 중에도 일본식 전골 스키야키나 고구마 파티가
열렸고, 함께 음식을 준비하고 설거지하는 동안 이들과 친해질 수 있었다.
일본의 공학 박사 고야베 이쿠코와 사회학자 우에노 치즈코의 대담
일부를 덧붙인다. 우에노 치즈코는 가족의 최소 정의로 공동 식사
공동체를 언급하며 불, 즉 화로를 공유해 한솥밥을 먹는 것이라고
설명한다. 나아가 공동성의 기본이 함께 먹는 것이므로, 그것으로
충분하다면 공동 조리는 하지 않아도 상관없다는 의견이다. 한편 고야베
이쿠코는 함께 먹는 것보다 좀 더 핵심에 놓여 있는 것을 공동 조리라고
본다. 공동 조리는 중층적으로 기능하는 커뮤니케이션 같은 것이고

이것이 셀프워크selfwork의 핵심이라고 답한다.* 공동 식사와 조리를
규칙으로 정하지 않아도 자연스럽게 모여 식사하는 환경을 만들었다는
점에서 셰어하우스의 요리 테마는 매우 적절했다. 가까운 미래 또는
현재의 서울 어딘가에 이미 있을 법한 주거 공동체의 좋은 사례를 접한
느낌이다.

직접 살고 있는 동년에게 메일로 더 물어봤다. 질문 목록은 일본의
컬렉티브하우스 〈칸칸모리〉에 거주하는 사람들을 대상으로 한 기존 연구
자료를 참고했다.

∴ 김동년 (33, 회사원)

1. 어떻게 이곳에 살게 되었습니까?

제 상황을 먼저 설명드려야 할 것 같은데요, 계약 당시 직장도
연고지도 없는 상태였습니다. 일본에서 신원 보증이 안 되는 외국인이
집을 구하려면 선택의 폭이 넓지 않습니다. 그나마 가능한 범위가
셰어하우스나 렌털 아파트 정도였어요. 결국 여자 친구 집에서 가깝고
리노베이션이 끝난 지 얼마 안 된 이곳을 찾게 되었습니다. 둘러본 후
마음에 들어 다음 날 바로 계약했습니다.**

2. 공용 공간은 어떻게 이용하고 있습니까?

공용 공간으로는 거실과 부엌, 세탁실과 세면 공간이 있습니다. TV, 소파,

---

*   고야베 이쿠코, 주총연 컬렉티브하우징 연구위원회, 「컬렉티브하우스와 독신자의 마지막
거처」(고야베 이쿠코와 우에노 치즈코의 대담), 『컬렉티브하우스』, 지비원(서울: 클, 2013).

**   이 셰어하우스는 여권, 외국인 등록 증명서, 국내 긴급 연락처가 있고 일본어를 읽을 수 있다면
외국인도 입주 가능하다.

조리기구, 식탁, 세탁기 등은 셰어하우스에서 제공하고, 플레이 스테이션, 와인 냉장고 등 거주자들의 개인 용품을 더해 모두가 이용하고 있습니다. 셰어하우스에서 발행한 가이드라인을 참고하며 상식적인 선에서 서로의 양해를 구하고 문제가 발생하면 거주자들끼리 SNS 대화방을 통해 의견을 나누며 해결하고 있습니다. 위생 문제는 별도의 관리인이 일주일에 세 번 청소해 주고 있습니다.

3. 공동 식사의 조리 당번 등 관리를 위해 담당하는 자치 활동이 부담되지는 않습니까?

매일 밥을 함께 먹지는 않아요. 이벤트 참석은 자율적이고, 참석했을 때 요리를 하지 않으면 대신 식재료비를 더 부담하고 있습니다. 강제성이 없고 술을 제외한 모든 요리를 집에서 만들어 먹으니 비용 면에서도 크게 부담을 느낀 적은 없어요. 거주자들 사이에 가장 문제가 되는 건 출근 시간대에 부엌을 사용하고 제대로 치우지 않아 다른 사람이 설거지하거나 음식물 쓰레기를 치운다는 점이에요.

4. 거주자들과는 어떻게 사귀고 있습니까?

거주자들은 10대 후반에서 30대 중반까지 다양합니다. 대부분 독신에 사회 초년생이란 공통점이 있어서 가볍든 진지하든 통하는 이야기가 많습니다. 저는 퇴근 후에 잠깐 이야기하면서 사귀는 정도예요. 중요한 이야기를 하는 건 아니지만 사회의 톱니바퀴가 아닌 개인으로 돌아올 수 있어 기분 전환이 됩니다. 이벤트에도 참가하고 싶지만 야근이나 주말 약속 때문에 시간이 잘 맞지 않아요.

5. 이곳에서 생활하면서 어떤 변화가 있었습니까?

그동안 일했던 물류 업계가 야근이 많은 편이라 퇴근 후에 개인 약속을
잡기가 애매했습니다. 전에는 사택에 살았고 직장 고민을 이야기할
상대도 없었고요. 대신 이곳에서는 거주자들과 이야기하며 머리를
식히기도 하고 다들 열심히 살고 있다는 좋은 자극을 받기도 합니다.
여기서 지내며 스스로 둥글어졌다는 생각이 들어요.

주로 20~30대의 젊은이들로 구성된 셰어하우스와 달리 다양한
연령대의 사람들이 모인 컬렉티브하우스에 관한 책이나 기사들도 접할
수 있었다. 컬렉티브하우스란 하나의 수단으로써 모든 사람에게 열린
집단 주거 형태이지만, 거주자들이 공간을 같이 사용하고 생활 일부를
공동으로 운영하는 데 협력해야 하므로 사회적 거주 운동에 가깝다.
1930년 스톡홀름 박람회에서 콜렉티브후스Kollektivhus라는 명칭으로 처음
등장했고, 초기 목표는 육아와 가사 노동으로부터 여성을 자유롭게 하는
것이었다고 한다. 그리고 그후 일본에서는 사회에서 고립된 노인들을
위한 대안으로 컬렉티브하우스가 제안되었다. 누구와 함께 살 것인가라는
질문은 결국 어떤 주거 환경에서 살 것인가와 연결되어 있었다.
한편 청년층의 주거 환경이 많이 열악하다는 어두운 현실도 마주쳐야
했다. 이는 동년이 요즘 일본에서 유행한다며 알려 준 두 단어와 연관이
있다. 하나는 〈미니멀리스트minimalist〉, 욕구를 최소화하여 모든 방면에서
최소 기준으로 살아가는 사람을 가리킨단다. 나머지는 〈패러사이트
싱글parasite single〉로, 성인이 되어서도 부모에게 손 벌리고 사는 사람을
의미한다.

(일본) 수도권과 간사이 권역에 거주하는 연 수입이 2백만 엔 미만인 20~39세 미혼 청년 1천7백 명을 대상으로 조사한 결과 부모와 동거하고 있는 비율이 77.7퍼센트였다. 자택을 소유한 부모가 주거와 노동 조건이 불안정한 청년층을 흡수하고 있다. 어느 보고서에서는 이를 집 있는 부모에게 집 없는 자식이 〈기생한다parasite〉라고 표현했다. 양쪽 모두 원치 않는 기생일 것이다. 부모 집에 기거하는 이유를 묻자 이들은 〈부모님 집을 나와도 주거비를 스스로 부담할 수 없어서〉(53.7퍼센트)라고 답했다. 집을 떠나 독립하려 한 저소득 청년 중 6.6퍼센트가 넷카페나 만화방, 캡슐 호텔에서 생활한 경험이 있다고 답했다. 집 떠나면 고생이란 말이 있다지만, 부모 집 떠나면 곧 노숙자가 되는 사회, 문제 있는 사회 아닌가. (미스핏츠, 『청년, 난민 되다』, 2015)

나를 비롯해 많은 이들이 〈패러사이트 싱글〉이 된 부끄러운 현실은 사회학을 전공한 노명우 교수의 글을 통해 바라볼 수도 있다. 그나마 기생이 가능한 이유는 가족 내부의 비시장적 관계 때문으로 가족은 경제적 대가를 받지 않으면서도 서로를 돕기 때문이다. 거꾸로 말하자면 혼자 사는 것은 돈이 더 많이 든다. 비시장적 호혜 관계로 인한 이득을 취할 수 없는 1인 가구는 이 모든 것을 시장적 관계에 의존해 해결해야 하므로 논리적으로 4인 가족의 1/4의 생활비가 필요한 것처럼 보여도 실제로는 1/4 이상의 생활비가 필요한 것이다.*

* 노명우, 『혼자 산다는 것에 대하여』(고양: 사월의 책, 2013).

마침 「건축신문」 16호에서도 주거비에 짓눌린 청년 세대에 관해 다뤘다. 높은 주거비, 사회 경제적 불평등, 지역과 세대 갈등, 정부의 역할 부족 등의 문제가 복잡하게 맞물려 있었다. 가족 사회학 등을 전공한 구보타 히로유키 교수는 가족 중심의 복지가 기능을 하지 못하고 있는 지금, 우리는 가족의 가치나 역할로 회구할 것인가, 사회적으로 고립될 것인가를 선택해야 하는 때가 된 것이 아닌지 묻는다.*

다시 스스로에게 물어본다. 누구와 어떻게 생활비를 부담하며 살 것인가. 혼자 살고 싶다면 적어도 생활비는 걱정하지 않아도 될 정도로 돈을 벌어야 할 것이다. 그러지 않으면 스스로 원하든 원치 않든 미니멀리스트가 된다. 사회적으로 고립될 수도 있다. 현재 내가 함께 살고 있는 가족이 비시장적 관계에 있는 유일한 주거 공동체라는 사실도 명심해야 한다. 대신 경제적 대가를 제외한 나머지 부분에 대해 조율이 필요할 것이다. 가족을 떠나 다른 사람과 함께 살기로 정했다면 셰어하우스나 컬렉티브하우스가 좋은 대안이 될 것이다. 어떤 선택이든 성숙한 혼자로 우뚝 서는 것이 급선무가 아닐까 싶다. 그럼 어느 누구와도 함께 살 수 있지 않을까. (2016. 3. 4)

> 만약 〈자유〉를 뭐든 마음대로 할 수 있는 것이라 정의한다면,
> 타인과 함께 사는 것에 〈자유〉란 없다. 그렇다면 〈자유〉는 부부
> 사이나 가족에게도 없는 것이 되고 만다. 만약 〈자립〉을 뭐든 혼자서
> 헤쳐 나가야 하는 것으로 생각한다면, 타인과의 삶에 〈자립〉이란

* 구보타 히로유키, 「셰어하우스: 타인과 함께 사는 젊은이들」, 류순미(서울: 클, 2013).

없다. 그렇다면 세상에 〈자립〉이란 존재하지 않는 것이 되고 만다. 〈친밀감〉을 혈연이나 성애에서만 발생하는 것이라 여긴다면, 타인과의 삶에 〈친밀감〉이란 있을 수 없을 것이다.

하지만 〈자유〉를 타인과의 대화 속에서 자신을 인정받는 것이라 한다면, 〈자립〉을 정도껏 타인에게 의지할 수 있는 것이라 한다면, 〈친밀감〉을 함께 생활하면서 상대에게 느끼는 경애의 마음이라고 한다면, 그것들은 가족을 포함한 타인과 함께 사는 생활에서만 존재할 것이다. 그런 의미에서 타인과의 삶은 혼자 사는 것보다, 가족과 사는 것보다 훨씬 자유롭고 자립할 수 있고 친밀한 것이 될 가능성을 내포하고 있지 않을까. (구보타 히로유키, 『셰어하우스: 타인과 함께 사는 젊은이들』, 2013)

¶

베를린에는 〈발에 차이는 것이 예술가〉라는 말을 들을 정도로 예술가뿐

아니라 문화 관련 분야에 일하는 사람들을 흔하게 접할 수 있었다.

나조차도 공연을 준비하는 동안은 잠시나마 무용수였다.

입에서 김이 나올 정도로 추운 역사 안에서 잠시 머릿속이 복잡했던 일이

기억난다. 기타를 치며 노래를 부르는 사람 앞을 지나는데, 그 노래가

온전히 들리는 대신 찬 바닥에 잔뜩 웅크리고 있는 그의 몸을 걱정하느라

내 마음은 오히려 불편했다. 그렇게라도 노래를 부르지 않으면 안 될

정도로 열망이 강한 것일까? 소위 〈예술을 한다는 것〉이 무슨 의미일까를

고민했다.

한편 무용 공연을 준비하며 짧지만 밀도 높은 시간 동안 치유를 경험하고

나니 거리에서 보았던 예술가를 온전히 이해할 수는 없더라도 그들이

사는 모습을 인정해야겠다는 생각이 들었다. 꼭 저렇게 살아야 할까 묻는

대신 삶의 다른 방식을 인정하고 지지하는 것이 필요하다. 그래야 내가

사는 방식 또한 남에게 존중받을 수 있을 것이다. 예술가 역시 수만 가지

직업 중 하나일 뿐이고, 어떤 직업이든 오로지 성공한 소수만이 생계 걱정

없이 활동할 수 있다. 예술가라고 특별하고 다르다고 생각하는 것 자체가

편견이었다. 사는 것이 아름답기를, 그 자체로 예술이 되기를 바란다.

공연을 무사히 마쳤으니 푹 쉬면서 내 호흡을 찾고 싶었다. 그동안 숙소와

연습 공간만 오가느라 시내 구경을 거의 하지 못했다. 그렇다고 관광을

하고 싶진 않았다. 뤼초슈트라세Lützowstraße 근처 기준 선배의 집으로 옮겨

나흘을 더 머물렀다. 하루 푹 쉬고 다음 날 선배와 함께 가볍게 조깅을
하며 공원과 거리를 둘러봤다. 오후엔 헬레리를 다시 만났다. 런던에서
처음 알게 되어 베를린까지 무려 네 번이나 만났다. 지난 11월 초 베를린에
처음 들렀을 때 의외로 카드를 받지 않는 가게들이 많아 그녀에게 빌렸던
현금 25유로를 갚고 각자의 근황을 나눴다. 혼다 모터사이클 CBR 250R
모델을 타는 그녀는 자신도 언젠가 고향 탈린에서 출발해 유럽 곳곳을
모터사이클로 여행할 거라며 덕분에 동기 부여가 되었다고 했다. 그
바람이 실현돼서 유럽을 넘어 서울까지 와준다면 정말 근사할 것 같다는
상상을 했다. 언제 다시 만날지 모르겠다며 작별 인사를 건네려는데,
앞날은 알 수 없는 거라며 포옹으로 화답해 줬다. 그녀 말이 맞다.
마지막이란 없고 내 미래도 예측하기 어렵다. 현재 주어진 선택 앞에서
스스로의 원칙과 방향만 간신히 유지할 뿐이다.

다음 날 안무가와 아림, 성은과 마인블라우 근처에서 점심을 들며
공연 후 소감을 나눴다. 저녁은 기준 선배가 된장찌개와 두부를 곁들인
제육볶음을 차려 준 덕분에 푸짐하게 먹었다. 다시 짐을 꾸리고 가족과
몇몇 친구에게 엽서를 보냈다. 내일 오후 2시 쉐네펠트 공항에서 출발해
모스크바를 거쳐 나리타 공항으로 간다. (2015. 11. 30~2015. 12. 3)

낮인지 밤인지 구분할 수 없는 컴컴한 기내 안. 자다 깨어나니 비행기
특유의 거대한 소음이 귀를 덮었다. 앞좌석 화면에는 현재의 대략적인
위치, 고도, 속도, 남은 거리 등의 정보가 주기적으로 바뀌고 있다. 여전히
시베리아 상공을 지나는 중이다. 집 떠난 지 겨우 두 달이 지났을 무렵
오슬로 공항에서 깊은 심심함을 느끼며 귀국하는 순간을 상상하고 강렬히

원하던 때가 있었다. 만일 그때 돌아갔다면 후회했을 것이다. 그 이후의 여정 동안 내가 상상하지 못했던 것까지 보고 배우고 느꼈다. 그리고 적당한 때에 집으로 간다.

구름 아래 굵직한 산맥 줄기가 시야 끝까지 보였다. 저 광활한 땅 아래 한 톨의 먼지가 되어 바람을 가르던 때의 불안은 이제 안정제가 되어 내 혈관 곳곳에 퍼지고 있다. (2015. 12. 3~4)

돌이켜 보면 모터사이클로 장거리를 주행한 날은 한두 시간을 멍하게 보내며 인디언 속담처럼 내 영혼이 돌아오길 기다리곤 했다. 그런 면에서 모터사이클의 속도는 폭력적인데 비행기는 정도가 훨씬 심했다. 시속 860킬로미터의 속도로 여덟 개의 시간대를 단숨에 넘어 나리타 공항에 도착한 대신 시차에 적응하는 데 사흘이 걸렸다.

마지막 도시로 들른 도쿄에서 동년을 다시 만났다. 지난 8월 초 상트페테르부르크에서 헤어진 후 가끔씩 온라인을 통해 안부를 주고받긴 했지만 그 후 어떻게 다녔는지, 나보다 두 달 먼저 현실로 돌아온 그의 이야기가 궁금했……라는 건 대외적인 명분이고 스시가 먹고 싶었다. 10년 전 쓰키지시조築地市場에서 맛있는 스시를 먹었던 것이 아직도 생각나는 걸 보면 미각 경험에 시간과 돈을 투자하는 것은 그만한 가치가 있다. 서울로 돌아가기 전에 남은 글들도 정리할 생각이었다. 인생이 뜻대로 된다면 얼마나 좋으련만 일본에 도착한 다음 날 랩탑 전원 케이블이 또 고장 나는 바람에 이 생각은 접었다.

지바 현 쓰다누마 역에 그가 마중을 나왔다. 여행 당시 검게 그을린 얼굴에 면도를 하지 않아 수염이 덥수룩했던 그는 멀끔하게 하얀 얼굴로

>>

나타났다. 오히려 내게 웃으며 말했다. 「아니, 손현 씨, 면도 좀 하고 다니지.」 남성적인 이목구비와는 대비되는 높은 음색을 지닌 특유의 목소리를 다시 들으니 반가웠다. 후나바시 셰어하우스에서 일주일 정도 함께 지냈고, 이때 경험을 토대로 「누구와 함께 살 것인가」란 글을 썼다. 해양성 기후의 영향 때문인지 12월 초·중순임에도 일교차는 그리 크지 않았고, 한낮에 가볍게 조깅을 할 때면 땀이 날 정도로 공기가 포근했다. 도쿄 시내에도 몇 번 다녀왔다. 쓰키지에서 드디어 스시를 먹었고, 도쿄에서 일하는 친구들도 만났다. 약속 장소인 카레타 시오도메 빌딩 46층에 있는 레스토랑에서 레인보우 브리지, 오다이바, 긴자 일대의 야경을 바라보았다. 마천루가 즐비한 마루노우치 지구에서 어디론가 바삐 걸어가는 회사원들의 표정을 보며 다시 세련된 양복에 구두를 신으면 행복할 수 있을까 하고 생각했다. 여행 내내 안분지족의 삶을 지향하며 나만의 순례길을 마쳤다고 생각했는데, 도쿄에서 무너져 내렸다. 어쩌면 영화 「매트릭스」에서 빨간 약과 파란 약을 두고 선택해야 하는 네오의 모습이 내 앞에 놓인 현실인지도 모르겠다. 어떤 약을 택해야 할지 모르겠다. 내게 선택권이나 있는지 그것조차 모르겠다.

모터사이클을 배에 싣고 동해항에서 출발할 때 앞으로 다가올 여정에 대해 아무것도 몰랐던 것처럼, 나리타 공항을 떠나 집으로 돌아올 때에도 결국 〈모르겠다〉란 네 글자만 남았다. 어느 하나 똑 부러진 답을 쥐고 있지 못하는 상황이 속상했다. 모든 것이 나 개인을 초월하는 범위에서 이루어진다면 차라리 세상의 흐름에 불가지론적 태도를 갖는 것이 속 편한 선택일 것이다.

그럼에도 불구하고, 길에서 몇 가지를 배웠다. 내 원점이 어디에 뿌리를 두고 있는지 그리고 한계를 아는 것이 왜 중요한지 알았다. 적어도 시작점과 끝점을 알았으니 두 점을 잇는 문제가 남았다.

다시 시작하기 위해서 그리운 가족이 있는 집, 나의 원점으로 돌아간다.

(2015. 12. 4~13)

이번 여행은 나에게 팀플레이 같아.

길에서 만난 좋은 사람들이 내게는 든든한

팀원이야. 그들이 없으면 난 아마 아무

것도 할 수 없었을 거야. 그러니까 절대

핸들을 놓아선 안 돼. 방향을 잘 잡고

앞으로 나아가야 해. 그래서 여기까지

무사히 온 것 같아.

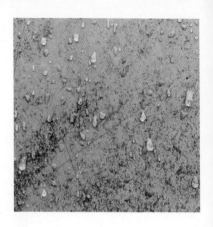

일본 도쿄. 기린 맥주를
∨ ∨ 파는 동네 술집.

¶

여행 이후 ···▸

전에 살던 동네로 다시 이사 왔다. 처음 이사 왔던 때가 1994년
늦가을이니 21년 전으로 순식간에 이동한 느낌이다. 또는 갓 제대한 군인
같기도 하다. 친한 친구들과 다니던 수영장과 즐겨 가던 빵집이 여전히
동네에 있어 좋은 한편 이곳도 언젠간 떠나야 할 곳이라 생각하니 전처럼
내 방에 정을 붙일 수 있을지 모르겠다. 불필요한 세간살이가 많아서
반성했다. (2015. 12. 15)

지난 6월 말, 날 동해항까지 배웅해 줬던 영배를 오랜만에 만나 동네에서
탁구를 쳤다. 늦게 온 영배에게 〈잘 지냈냐, 한 시간을 기다렸어〉라고
했더니 〈자식, 난 6개월을 기다렸어〉라고 답했다. 그리고 내가 게임에서
졌다. 물론 내 실력이 부족해서. (2015. 12. 19)

아버지와 함께 요양원에 계신 할아버지를 뵈었다. 아흔이 넘은 연세인데도
여전히 식성이 좋으시다. 그 식성을 물려받은 나는 여행 중에 찐 건지 부은
건지 볼살이 너무 쪘다. 바람이 차갑다. 조깅과 수영을 다시 시작했다.
비록 더디지만 내 호흡을 찾고 있다. (2015. 12. 20)

바트 키싱엔에서 나를 재워 주었던 인숙에게 메일이 왔다. 〈긴 여행
후 집으로 돌아간 느낌이 어떤지 궁금해.〉 여행 중에는 전반적으로
평온했는데 서울에 돌아오니 초조해진다고 답했더니 그 마음이
자연스럽단다. (2015. 12. 29)

모터사이클이 내일쯤 통관을 마친다는 연락을 받고 부산으로 내려가고

있다. 이번에는 오랜 친구 성원이 동행한다. 난 오늘 오후부터 내일까지 날씨는 어떤지 도로 사정은 괜찮은지 여전히 검색 중이고 친구는 부산 맛집을 검색하느라 신났다. (2015. 12. 30)

부산 국제 여객 터미널에서 모터사이클을 다시 받았다. 친구는 고속버스를 타고 오후에 올라갔다. 난 오랜만에 시동을 걸고 달려 지리산 끝자락 게스트하우스 〈무검산방〉에 도착했다. 2014년 가을 경성과 모터사이클로 여행을 하며, 그리고 지난 5월 아버지와 지리산을 종주하고 묵었던 곳이다. 주인장이 밤공기도 선선하니 정령치 고개까지 가잔다. 사위는 인위적인 불빛도 소리도 없이 고요했고, 고개를 젖히니 하늘이 별로 가득 차 있었다. 참 멋진 한 해를 보냈다.

새해 첫날, 17번과 1번 국도를 따라 전주를 거쳐 부지런히 올라가던 중에 천안에서 앞 타이어 튜브에 펑크가 났다. 결국 서울까지 95킬로미터를 남기고 1톤 트럭에 실려서 왔다. 차가운 바깥 공기와 달리 트럭 안은 매우 따뜻하고 편했고 심지어 졸리기까지 했다. 어쨌든 서울에 무사히 도착했다. (2015. 12. 31~2016. 1. 1)

내 몸은 서울 생활에 이미 적응해 버렸지만, 영혼은 틈틈이 쓰고 있는 글의 시점에 맞추어 더디게 오고 있다. 어쩌면 몸이 늘 앞서 가는 것인지도 모르겠다. 내가 길에서 흘린 중요한 뭔가가 있다면 뒤따라 오는 동안 차근차근 주워서 와주길. (2016. 1. 7)

제슈프에서 함께 했던 유렉에게서 오랜만에 안부를 묻는 메일이 왔다. 곧 탄생할 손주를 기다리고 있단다. 내 영향으로 얼마 전 승용차를 한국제 뉴옵티마로 바꿨으니 기아자동차에 수수료를 요청하라는 농담도 했고,

모터사이클을 타던 때가 그립지 않냐고도 물었다. 정확히 말하자면 모터사이클 덕분에 그들과 함께 할 수 있던 시간이 참 따뜻하고 좋았다. 얼마 전 한국은 음력 설이었다는 소식으로 답하며 그와 가족들을 위해 새해 복을 빌었다. 부디 좋은 소식이 있기를. 그리고 나도 그들에게 좋은 소식을 전해 줄 수 있기를. (2016. 2. 11)

모스크바에서 만났던 세 명의 한국인 모터사이클 여행자를 기억하는지? 인근을 마지막으로 모두 여행을 마쳤다. 동년은 이미 도쿄에서 다시 만났고, 준용은 지난 3일에 들어왔다. 〈M4〉라고 우리끼리 이름 붙였는데 다들 무사히 돌아와 다행이다. (2016. 2. 16)

유렉이 다시 메일을 보냈다. 〈59센티미터, 4.33킬로그램, 하!〉 손주가 태어났단다. 무척 반가운 소식! 그나저나 나도 태어난 순간에 길이와 무게, 이런 숫자의 조합으로 가까운 사람들에게 알려졌을까? (2016. 2. 19)

◳ 맺는말

길에서 만난 라이더들이 나에게 꼭 묻는 것이 있다. 네가 어디서 왔는지, 어디로 가는지, 얼마나 빠르게 가는지, 마지막으로 내비게이션이 있는지. 장소와 상황에 따라 대답은 조금씩 달랐다. 문득 질문의 내용이 곧 나에 대한 중요한 물음이라는 생각이 들었다. 바꿔 말하자면 과거의 내가 누구인지, 당장 또는 장기적인 목표가 무엇인지, 그것을 나만의 속도로 이룰 수 있는지, 마지막으로 방향을 잘 잡을 수 있는지를 물었던 것이다.

뇌 과학을 전공한 김대식 교수의 인터뷰*에 의하면 뇌 과학에서 인생의
갑이 되는 방법은 지금 이 순간 〈지금의 나〉를 생각하는 것이 아니라
〈10∼20년 후의 미래의 나〉로서 〈지금의 나〉를 상상하는 것이란다.
그러면 〈지금 이 순간〉이 얼마나 중요한지를 깨닫게 되고 집중하기
때문에 나중에 내가 기억할 인생에서 괴로운 것과 즐거운 것의 길이를
조절할 수 있단다.

지금 이 순간에 집중하고 있는지 스스로에게 물었을 때, 늘 대답이
부족했다. 한편 10∼20년 후의 관점에서 만 서른 하나의 나를 상상했을
때, 내가 모터사이클 여행을 떠나지 말아야 할 이유는 없었다. 3년의
준비 끝에 실행했고 무사히 돌아왔으니 후회는 없다. 내 선택에 대해
객관적으로 확인할 수 있는 계기가 있었는데, 이는 여행 후 나보다 각각
10살, 14살 많은 두 분을 만났을 때다. 나와 비슷한 또는 보다 긴 일정의
모터사이클 여행을 고려 중인 두 명이 공통적으로 말했다. 본인들도 딱
십 년 전에 떠났어야 했다고. 현재 진행 중인 비즈니스, 마흔 중반의 체력
등을 고려했을 때 훌쩍 떠나기엔 고려해야 할 요소가 훨씬 많다고 했다.
그럼에도 불구하고 이들이 꼭 올해가 아니더라도 언젠가 좋은 계절에
출항하길 내심 기대해 본다. 현재로부터 다시 10년 후를 상상한다면
오히려 선택이 쉬울 수 있다.

그동안 여행 중인 나, 모터사이클 위에 앉아 있는 나 그리고 글 속의 나
이렇게 세 개의 축이 번갈아 가며 여행을 채웠다. 틈틈이 쓰던 글이 잘

* 박민, 「김대식 腦과학 전공 카이스트 교수 인터뷰: 가장 창조적인 5% 인재는 그냥 내버려두는
게 최상」, 「문화일보」(2014. 7. 25).

풀리지 않을 때쯤 어느새 다음 목적지로 이동해야 했고 그때마다 막힌 머리와 가슴을 바람이 환기시켰다. 이때 〈환기〉란 비유적인 표현이 아니다. 시속 120킬로미터로 모터사이클을 운전할 때 내가 견디는 바람의 세기를 환산하면 초속 33미터 정도고 이는 강한 태풍에 속한다. 그 태풍을 풀페이스 헬멧과 바이크 슈트로 견뎠다. 전에 머물던 곳에서의 모든 기억이 전환되고 잡념이 휘발하는 동안 다음 장소에 도착했고, 관조觀照하는 시선으로 다시 글을 쓸 수 있었다.

스페이스 슈트로 우주를 유영하듯 길 위에서는 바이크 슈트 차림으로 철저하게 고립된 상태다. 하지만 길에서 만난 친구들이 나에겐 소중한 중력이 되었고 많은 이야기를 들려줬다. 모든 감정과 이야기가 소멸하는 것이 불안하기 때문에 기록을 멈출 수 없었고 그 이야기를 전달하는 데 대부분의 문장을 할애했다. 그중 바트 키싱엔에서 접한 이야기가 마음속 든든한 버팀목이 되었다. 산티아고 순례자의 길을 돌고 온 네덜란드 출신의 어느 77세 신부님이 이런 말을 했단다. 자신은 아무것도 증명해야 할 것이 없기 때문에 서둘러 걸어야 할 이유가 없다고. 뭔가를 증명하기 위해 그 길을 걷지 않았기를 스스로에게 바랐단다. 덕분에 모터사이클 앞뒤 타이어를 두 번씩 갈면서 2만 6천 킬로미터를 달리는 동안 내가 지나온 나라, 도시, 거리, 속도 등의 숫자가 별 의미가 없다는 것을 깨달을 수 있었다. 내 여정은 유라시아 횡단이라는 거창한 단어보다는 내면 깊숙한 곳을 돌고 돌아 결국 원점으로 오는 길이었던 것이다.

지난 1월 28일 아침, 경성이 2년 전 사진 한 장을 보내 왔다. 처음으로 둘이 함께 모터사이클로 국내 여행을 떠났을 때다. 2박 3일 일정으로 안동을 거쳐 울진을 찍고 다시 정동진으로 올라갔다. 사진 속 장소는 강릉 바다를 한눈에 바라볼 수 있는 곳이었는데, 경성이 말하길 저기 서 있는데 날씨도 따뜻하고 햇살도 좋았다며, 〈그냥 좋았던 기억〉이란다. 또 하나 기억에 남는 것은 그때 아버지의 메모다. 가볼 만한 곳, 추천하는 음식점이 손 글씨로 적혀 있는데 그 정보가 유익했던 것보다는 내 여정을 심적으로 지지한다는 느낌이 들어 좋았다. 경성의 말처럼 혼자 가라고 했으면 못 갔을지도 모른다. 혼자서는 재미도 없을 것 같고 맛있는 것도 혼자 찾아다닌다고 생각하면 먹고 싶지 않을 것 같다. 모터사이클을 계기로 좋은 동행을 만난 건 정말 행운이다.

국내에서 유일하게 함께 다녔던 경성은 곧 미국 텍사스로 돌아간다. 나 역시 먼 곳까지 잘 다녀왔으니 더 이상 서울에서 모터사이클을 소유하고 있을 명분이 사라졌다. 언제 또 어떤 바람이 불지 모르겠지만 적어도 10년 정도는 안 타지 않을까? 좀 더 세월이 흐른 뒤 경성을 다시 만나 적당한 엔진을 갖춘 바이크를 한 대씩 빌려 미국과 캐나다 또는 내 유년 시절을 보낸 파나마를 거쳐 칠레까지 달려도 멋질 것 같다. 수영장에 들어갈 때 온몸에 저장된 기억들이 몸의 감각을 되살려 자연히 헤엄을 치듯 모터사이클에 앉는 순간 몸이 먼저 반응하겠지. 굳이 모터사이클이 아니어도 된다. 곁에 든든한 동행만 있다면, 어느 길을 어떻게 가든 그 길에서 무얼 보든 더할 나위 없이 좋겠다.

바람과 비와 이슬은 많은 걸 가르쳐 준다. 힘이 들면…… 기다려.
그럼 바람이 분다. (연극 「템페스트」, 셰익스피어, 오태석 번안 및 연출)

바람을 가를 때 내가 생각하는 것은 여기까지다. 나의 자유는 결국 에피소드로 끝났고*, 에피소드의 끝에는 고마움만 남았다. 그동안 여행에 함께 해주신 모든 분들께 고맙다. 땡큐 & 굿바이. (2016. 3. 4. 끝)

* 한병철, 『심리정치: 신자유주의의 통치술』(파주:문학과 지성사, 2015).

현재의 상태를 묻는 질문에 대해 나는

〈여행 동안 계속 이동해 왔지만

한편으론 전혀 이동하지 않은 것

같다〉고 답했다.

Thanks to

글 속의 나는 여행하는 동안 고독했다고 투덜댔지만, 내 글을 여러 번 읽고 고치는 동안 그것이 사실이 아니라는 것을 깨달았다. 돌이켜 보니 그 어느 여행보다 많은 동행이 있었고, 어떤 방식으로든 친구들에게 도움을 받았다. 여러 얼굴이 떠올랐다 사라진다. 감사는 〈표현〉해야 한다고 들었다.

우선 러시아에서 만난 하바롭스크의 야나Yana와 세르게이Serg 커플, 울란우데 가는 길에서 만난 세르게이Sergei, 바이칼 호수에서 만난 두 명의 크리스티나Kristina, 아냐Anna, 노보시비르스크의 세르게이Sergey, 정비소에서 만난 알렉스Alex, 바짐Vadim, 박스를 되찾아 준 튜멘 출신의 안드레이Andrei, 블라드Vlad, 세르게이Sergei(네 번째 세르게이다), 상트페테르부르크의 이리나Irina와 다리아Daria 그리고 제니Jenny에게 고맙다.

유럽에서는 보빈네 부부, 유렉Jurek과 루시Lucy 부부, 인숙과 안드레아스Andreas 부부 (그리고 이들을 소개하여 준 시현), 큐레이터 예니Jenni와 그녀를 소개해 준 홍보라 대표, 소혜일Soheyl, 에릭Eric, 헬마Helmar, 히나코Hinako, 윌리Willy(규석), 얀Yann(정현), 보은, 지민, 새봄, 준영, 수진, 스테파노Stefano, 비르질리오Virgilio, 아야카Ayaka, 헬레리Heleri, 연상, 주영네 부부, 후배 수연, 기준 선배, 공연을 함께 준비한 송주원 안무가와 아림, 성은, 논 베를린의 최찬숙 작가와 신이도 디렉터 그리고 매거진 『B』의 최태혁 편집장을 만났다. 스케줄을 맞춰 일부 여정을 함께 해준 아람, 문형, 민선에게도 고맙다. 덕분에 유럽에서의 여행도 무사히 마쳤다.

비슷한 시기에 각자의 차량으로 여행을 무사히 마친 캠핑카팀(세환, 지면, 승훈, 세훈),

옵티마팀(성범, 우균), 동년, 준용, 인근, 성민이 생각난다. 내 모터사이클을 비롯해
이들의 차량들을 정비해 준 곳곳의 엔지니어들 덕분에 퍼지지 않고 잘 달렸다.

마지막에 들른 일본에서는 진섭과 민현에게 각별히 고마움을 표한다. 물론 다시 만난
동년에게도. 그 밖에 이 여행을 채워 준 모든 분들께 감사드린다.

그리고 은혜는 〈갚는〉 것이라고 배웠다. 왜 갚는다는 표현을 쓰는지 모르겠지만,
이 이야기를 책으로 엮음으로써 그걸 갚을 수 있어 매우 기쁘다. 여행 중 만난 고마운
이들에게 여행의 이야기를 책으로 엮어 보내고 싶어 한동안 마음의 〈빚〉처럼 남아
있었다. 그걸 실현하게 해 준 미메시스 분들에게도 진심으로 감사드린다. 여행 기간과
비슷한 시간 동안 책을 만드는 데 큰 도움을 주셨다.

이제는 이 책이 친구들의 품으로 그리고 독자를 향해 새로운 여행을 하길 바란다.
고맙습니다.

2016. 8. 30
서울에서 손현 드림.

작성자: 니키타 이스토민
박스를 잃어버린 대신 새 친구를 찾았군요.
러시아에선 이런 일이 가끔 일어나요.
(2015. 8. 2)

손현

>>

1984년 서울에서 태어났다. 은행원인 아버지를 따라
1987년부터 1991년까지 파나마에서 유년기를 보내고 다시
서울로 돌아왔다. 대학에서 건축학을 공부하고 졸업 후
플랜트 엔지니어로 회사 생활을 했다. 2012년 매거진 『소년의
시간은 똑바로 간다』를 발행했고, 그 계기로 매거진 『B』에
객원 에디터로 참여했다. 이듬해 2종 소형 면허를 따고,
2015년 회사를 떠나 여행을 다녀왔다. 현재 미디어 콘텐츠
스타트업에서 에디터로 활동하고 있다.

#dust_rust_ash

모터사이클로 유라시아

지은이 손현 발행인 홍유진 발행처 미메시스
주소 서울시 종로구 평창11길 20 미메시스 아트 하우스 B101
대표전화 02-391-4400 팩스 02-391-4404
홈페이지 www.mimesisart.co.kr
Copyright (C) 손현, 2016, Printed in Korea.
ISBN 979-11-5535-091-1 03810
발행일 2016년 9월 10일 초판 1쇄 2017년 4월 1일 초판 2쇄

이 도서의 국립중앙도서관 출판시도서목록(CIP)은
e-CIP 홈페이지(http://www.nl.go.kr)에서 이용하실 수 있습니다
(CIP제어번호: 2016021148).

 이 책은 실로 꿰매어 제본하는 정통적인 사철 방식으로 만들어졌습니다.
사철 방식으로 제본된 책은 오랫동안 보관해도 손상되지 않습니다.

WHERE EVER
YOU WANDER, WHERE
EVER YOU ROAM,
BE HAPPY AND HEALTHY
AND GLAD
TO COME
HOME.

아는 곳을 거닐든 낯선 곳에서 방랑하든,

행복하고 건강해라.

그리고 집에 돌아와서 기쁘다.